MIX
Papier aus verantwortungsvollen Quellen
FSC® C012536
FSC
www.fsc.org

LAND KÄRNTEN
Kultur

Lektorat: Elvira Gross
Umschlag und Satz: Jürgen Schütz
Umschlagbild: © Karin Koschell
Druck und Bindung: Christian Theiss GmbH
Printed in Austria

ISBN: 978-3-902711-57-1
www.septime-verlag.at
www.facebook.com/septimeverlag | www.twitter.com/septimeverlag

Paul Auer

Kärntner Ecke Ring

Roman

Prolog

Abermals eine Stunde geschwiegen. Die Aufdringlichkeit, mit der Doktor Auer Ihnen Details entlocken wollte, Kränkungen und Katastrophen, Ihre Biografie problematisierte. Um ganz offensichtlich eigene Unzulänglichkeiten zu kaschieren, widerwärtig. Erst recht sein Drei-Tage-Bart; der penetrante Geruch seines Parfums. Aber was erwarten von jemandem mit einem solch plebejischen Namen?

Sie hatten mit Ihrem Namen nie gehadert. Ludwig Bilinski. Es hätte Sie schlimmer treffen können. Horst, Heinrich, Gunther, Gerwald; gar Adolf? Nein. 1955 wäre sogar Ihr SS-Vater einsichtig genug gewesen. Überließ die Wahl ohnedies Ihrer Großmama. Die ebenso einem verschwundenen Reich nachtrauerte, dem der Habsburger. Einen Erzherzog als Namenspatron zu wählen, wäre ihr aber zu snobistisch gewesen. Sie wurden nach einem Wittelsbacher benannt. Ludwig von Bayern. Erbauer von Neuschwanstein, Förderer Wagners, Opfer seiner romantischen Sentimentalität. Auch keine leichte Bürde. Aber eine wohlklingende.

Doktor Auers ratloser Blick, als Sie das Therapiezimmer verließen. Er würde sich an Ihr Schweigen gewöhnen, so wie Sie sich an Ihr Zimmer gewöhnt hatten. Es war bescheiden, Ihrer Situation angemessen. Sie wussten doch, was Sie getan hatten. Bloß Doktor Auer schien der festen Überzeugung, er müsste etwas freilegen; dass Sie etwas verdrängten. Dieser Stümper. Gar nichts verdrängten Sie. Vermochten sich der ganzen Malaise zu stellen. Jeglicher Erinnerung, sämtlichen Fakten.

Sie legten sich auf das Bett. Ihre ersten Lebenswochen waren wohl die glücklichsten. Bei vorhandenem Vokabular hätten Sie so geurteilt. Sie selbst, ein gesunder Säugling, lebten mit Eltern und Großmama in einer herrschaftlichen Wohnung. Am Tag Ihrer Geburt war das Ende der alliierten Besatzung besiegelt worden. Aufbruchsstimmung. Dass Ihre Mutter das Bett nicht mehr verließ; Ihre Großmama nie außer Haus ging; Ihr Vater umso abwesender war – entweder er hielt sich in seiner Praxis auf oder war tagelang auf der Jagd, um sich für den verlorenen Krieg zu rächen – all das fügte sich später zu einem Präludium voller Dissonanzen. Es endete mit dem Sturz Ihrer Mutter auf die Währinger Straße – dreiundzwanzig Jahre alt.

Sie öffneten die Nachtkästchenlade, entnahmen ein Foto. Eine Schönheit war sie, wie vom Film, wie Hedy Lamarr, kühl strahlend. Ehe sie Ihrem Vater ins Netz ging, er um dreißig Jahre älter, ein Kind zur Welt brachte, es aussetzte, verschwand. Wieder hätte es schlimmer kommen können. Allein beim Vater aufzuwachsen, doch da war noch Ihre Großmama, seit 1918 nur mehr in Schwarz gekleidet. Abend für Abend saß sie an Ihrem Bett, wiegte Sie mit Versen in den Schlaf, eine Wiedergängerin Maria Theresias. Deren teigige Hand Sie festhalten durften, deren melodischer Stimme Sie lauschten, untermalt vom Rumpeln und Bimmeln der Straßenbahnen auf der Währinger Straße: *Wien, du alte, kalte Hure / Ich kauerte an deines Grabes Mauer / Da du noch locktest, ein mürbes Goderl dieser Welt. / Du hurtest hurtig mit Hurradämonen / Kriegsüber siegerischen Drohnen / Nun hungernd unkst du unter deiner Laster Last / Du hast dein Reich verprasst …*

Das Foto der Mutter lag auf Ihrer pochenden Brust. Die Wände drohten Sie zu zerquetschten. Die Augen schließen, einschlafen. Wo war die Hand der Großmama? Norbert Bauer, Frau Tamara? Es war unerträglich. Wie hatte es so weit kommen können? … Sie rissen die Augen auf. Das Foto Ihrer Mutter, Sie hatten es zerknüllt.

1

Er ballte die Fäuste. Die Ansichtskarte war ihm aus der Hand gefallen. Sie lag auf dem dreckigen Boden, knapp vorm Sitzplatz gegenüber. Eine Schwarz-Weiß-Aufnahme des Riesenrads zwischen den orangen Flip-Flops einer jungen Frau. Diese rümpfte die Nase, rückte ihre Sonnenbrille zurecht, tippte zwei Mal auf das Display ihres Smartphones. Schürzte die Lippen, sah zum Fenster raus. Er lockerte seine Fäuste, beugte sich nach vorne. Einer der Flip-Flops rückte seitwärts, verdeckte die Ansichtskarte, die Frau überschlug die Beine. Norbert lehnte sich zurück. Stellte sich vor, das Bein der Frau grob wegzuschieben, sich nach der Karte zu bücken. Das Smartphone würde zu Boden fallen, er würde es zerstampfen.

Noch vor ein paar Jahren hätte sie sich mit ihm abgegeben. Obwohl er schon als Teenager nicht nach künftigem Spießerleben aussah. Doch für ein Abenteuer wäre er interessant genug gewesen, solche Mädchen aus besserem Haus hatten sich von ihm abschleppen lassen. In einem bestimmten Alter war selbst das Hochzeitsfoto am Nachtkastl der ärgsten Schickse egal, solange sie anständig kam. Und trotzdem: Wie sie ihn danach angesehen hatten, immer dieselben öden Fragen: ›Was willst du eigentlich mal machen? Wie stellst du dir deine Zukunft vor?‹ Er hatte sie nie überrascht, mit einem Masterplan, einem Erbe, einem verlockenden Weg abseits von Konventionen. Hatte sich schweigend angezogen, nicht mehr angerufen, die Mädchen den Karrieretypen überlassen. Und das hatte er jetzt davon. Die Ansichtskarte würde er nicht wiederbekommen. Er stieg beim Stadtpark aus, sah noch einmal durchs Fenster in die U-Bahn. Die junge Frau ignorierte ihn. Als das Abfahrtssignal ertönte, kickte sie die Karte weg.

Es lag ihm nichts an dieser lächerlichen Karte. Er rannte die Stufen hinauf, ging in den Park hinein. Am Steg über dem ausgetrockneten Wienfluss blieb er stehen, lehnte sich an die Brüstung. Sowieso hätte er sie weggeworfen, von hier hätte er sie runtergeschmissen. Eine Weile lauschte er der schmalzigen Melodie, die ein verlotterter Typ am anderen Ende des Stegs aus einem Akkordeon quetschte. Und am besten gleich sich selber nachgeschmissen, aber das wäre peinlich gewesen, den Sturz hätte er locker überlebt. Er hörte einen vorbeigehenden Mann von fallenden Aktienkursen sprechen, eine Frau sagen, dass sie nicht gerne in den Stadtpark komme wegen dem Gesindel. Dazu das Rollen eines Kinderwagens, Babygebrabbel. Ein Tippen an seine Schulter, er wandte sich um, eine hübsche Japanerin lächelte ihn an, neben ihr war eine zweite, weniger hübsch. Sie fragte nach dem goldenen Johann Strauß, die zweite glotzte auf ihr Tablet. Er drehte sich wieder weg, schaute zum Hilton. Vor ein paar Wochen war er an einem der Fenster im zwölften Stock gestanden. Der Blick über die Stadt war so schön gewesen, doch die Fenster hatten sich nicht öffnen lassen, sowieso wäre er nicht gesprungen, auch damals nicht.

Ihm wurde schwindlig, er machte sich vom Geländer los, für ein paar Sekunden taumelte er blind hinein in das lauter werdende Akkordeonspiel. Er hörte es auch noch beim Skulpturenbrunnen, zwei nackte Männer im Versuch, Felsen wegzurücken, ziemlich schwul, aber er beachtete sie längst nicht mehr. Über Stufen ging es zur Promenade runter, zum Einbeinigen und ein paar anderen, die sich hier versammelten, täglich damit rechneten, verscheucht zu werden. Verwelkte Stadtparkmenschen statt blühender Stadtparkbäume. Direkt gegenüber, auf der anderen Seite vom Wienfluss, ein paar Sonnenhungrige im Schanigarten, die ihren Macchiato schlürften. Eine Frau saß breitbeinig in der Böschung, strich sich mit schwülstigen Händen über die Waden. Norbert sah ihr zwischen die Beine. Er wusste von den wenigsten hier den richtigen Namen und außer mit dem Einbeinigen mit keinem viel anzufangen. Auch nicht mit Random, seinem Dealer, wegen dem er gekommen war.

Er steckte sein Zeug ein und wollte abhauen, da tauchte ein Typ auf, ziemlich jung. Umständlich fragte der, ob jemand Gras verkaufe, niemand reagierte. Der Bursch wurde knallrot im Gesicht.

»Bitte, ich brauch nur ganz wenig!«

»Bei uns dealt keiner.«

»Aber ich weiß sonst nicht, wohin … Die Araber verkaufen nur gestreckten Scheiß und …«

»Hast was bei den Ohren?«

»Jetzt seid doch nicht so gemein!«

Manche äfften ihn nach, verspotteten ihn. Norbert betrachtete die Marken-Sneakers, die saubere Cargo-Hose, das gebügelte T-Shirt, das kindliche Gesicht. Festivalbänder und eine Uhr am Handgelenk. Hatte er selber nicht auch mal so ausgesehen? … Jetzt den Burschen bei der Hand nehmen, ihn wegbringen, zum Donaukanal, mit ein paar Dosen Bier. In der Sonne sitzen, ihn erzählen lassen, vom Frühsommer in der Stadt, von seiner Freundin. Marie. Sie hatte damals ein Foto von ihm gemacht. Norberts Augen wurden feucht. Das war ja klar. Er wischte sich mit dem T-Shirt übers Gesicht.

»Scheiße! Was hat der denn am Bauch!«, hörte er den Burschen aufjaulen, der sich anscheinend wieder gefangen hatte.

»Sind das zwei Achter?«

»Bist du ein Nazi?«

Sämtliche Augen waren auf ihn gerichtet, sogar die Frau in der Böschung glotzte ihn an. Er zog das T-Shirt runter, Random stampfte auf ihn zu, schüttelte den Kopf, schmierte ihm eine. Einfach so. Doch er blieb ruhig. Stand betroppezt da, hielt sich die Hand an die Wange, hörte den Einbeinigen sich aufregen, Random anschnauzen, Norberts halbe Lebensgeschichte aufrollen. Aber das ging ihn nichts an. Der Bursch sah ein, dass er zu keinem Gras kommen würde, und haute ab. Norbert spürte es in sich brodeln, was machte ihn so wütend, woher kam dieser kindische Zorn? Er würde sich einen neuen Dealer suchen, mehr war nicht.

Norbert verabschiedete sich vom Einbeinigen, ging Richtung Ring. Diese blöde Schickse in der U-Bahn. Jetzt Bilinskis Ansichtskarte zerreißen, in immer kleinere Stücke, bis nichts mehr von ihr übrig wäre. Das würde den Alten treffen, richtig traurig machen, aber was brachte das schon? Er selber war doch der Einzige, den er damit verletzte.

2

Es war fünf nach zwölf. Also blieben ihr noch zehn Minuten, zwei Zigaretten, vielleicht sogar ein zweiter Kaffee. Dann müsste sie wieder raus ins Geschäft, um kein Risiko einzugehen, die Visite des Chefs. Mitunter kam er sogar am Wochenende.

Tamara hörte ihren Magen knurren. Außer einem Stück Nussstrudel um vier Uhr morgens hatte sie nichts gegessen. Sie aß nicht viel. Weshalb sie so dick war, verstand sie nicht. Und sie war dick, richtig fett, das machten ihr die Blicke der anderen klar, in der U-Bahn, beim Einkaufen, hier in der Arbeit. Was für schwabbelnde Hüften! Diese Schenkel! Sollten die Leute ruhig gaffen, ihr war es egal, einzig der Blick des Chefs zählte. Weshalb sie auch im Geschäft stehen müsste, wenn er kam. Zu ihm eilen, ihn begrüßen, seine Hand schütteln, lächeln, ein Seufzen. Dann sofort wieder Zeitschriften schlichten, einen Kunden fragen, ob er Hilfe benötige. Um dem Chef zu beweisen, sie war seine wichtigste Mitarbeiterin, auf sie konnte er sich verlassen. Sie war immer zur Stelle, wenn andere versagten, krank wurden, frei brauchten, kündigten. Noch nie war Tamara im Krankenstand gewesen, daran sollte der Chef denken, wenn er sie sah. Um ihr dann diesen Blick zuzuwerfen, dankbar, anerkennend, respektvoll. Nicht herablassend, wie einmal eine Kollegin gehöhnt hatte, die bald darauf entlassen worden war.

Wieder ein Magenknurren. Sie schenkte sich Kaffee ein, gab viel Milch und Zucker dazu, schwarz hätte sie ihn nicht runtergebracht. Er war von der billigen Sorte. Die

Kolleginnen hatten damit begonnen, dieses Zeug mitzubringen. Sie selber hatte bis vor kurzem ausschließlich Julius-Meinl-Kaffee gekauft, nicht für zuhause, nur für die Arbeit, immerhin kam der Chef manchmal zum Kaffeetrinken in den Pausenraum. Ihm hätte Tamara erklären wollen, dass es nicht aus Nachlässigkeit war, warum sie nun ebenfalls billigen Kaffee mitbrachte. Es ging ihr um Gerechtigkeit. Aber natürlich hatte der Chef für solche Nebensächlichkeiten keine Zeit. Stets war er in Eile – und trotzdem vergaß er nie, ihr diesen Blick zuzuwerfen.

Endlich war es viertel eins. Ein letzter Schluck Kaffee, ein tiefer Zug von der Zigarette, später dürfte sie nicht vergessen, Katzenfutter zu besorgen. Wie schön es wäre, jetzt bei ihm zu sein!

Mit einem Seufzen stand sie auf, mühte sich zur Tür. Ihr Herz pochte wild, pumpte Blut in ihren Schädel. Ihr wurde schwarz vor Augen, sie tastete nach der Klinke, stieß die Tür auf. Kalte, trockene Luft wehte ihr entgegen, Zeitschriftenstaub, Stimmengewirr, grelles Licht, ihr Kreislauf beruhigte sich. Sie atmete durch. Ihr Blick war wieder ungetrübt, die Müdigkeit abgeschüttelt. Tamara Bauer zurück im Dienst, in Windeseile würde Ordnung herrschen.

Die Angriffsziele waren schnell ausgemacht. Die nuttig gekleidete Frau bei den Kunstzeitschriften, die in der *Parnass* blätterte, Seiten abfotografierte. Bei den Erotikmagazinen die Burschen, Glucksen, Kreischen und Quietschen, wie im Schlachthof. Und bei den Tageszeitungen der Mann in beigen Hosen, kariertem Hemd, der in der *Süddeutschen* las. Mit ihm wollte sie beginnen, als plötzlich, sie traute ihren Augen kaum …

»Wünsche einen schönen Sonntag, Frau Tamara!«

Die Leute würden sich gedulden müssen. Herr Ludwig stand vor ihr, völlig unerwartet. Tamara zog ihren Bauch ein und hatte nur noch Augen für ihn.

Typische Visage eines Kunden, der glaubte, etwas Besseres zu sein – so urteilte sie vor ein paar Monaten, als der Mann sie zum ersten Mal angesprochen hatte. Schon damals bei ihrem Vornamen. Ob sich im Lager noch eine Vortagesausgabe der *Frankfurter Allgemeinen* befinde?

»Woher kennen Sie meinen Namen?«

Er war gut gekleidet, schlank, nicht viel größer als sie und ganz bestimmt kein Arbeiter. In seinen feingliedrigen Händen hielt er ein paar Magazine.

»Der Name steht auf Ihrem Namensschild.«

Sie starrte ihn an. »Ich bin schon ganz deppert!« Ihr wurde heiß. Das war alles, was sie hervorbrachte? Mehr hatte sie nicht zu bieten? Sie hätte erwidern müssen, dass er gefälligst … oder dass sie sicher nicht … Aber ihr fiel nichts ein, ihre Schlagfertigkeit war dahin. Der Mann hatte außergewöhnlich gepflegte Hände, das musste sie zugeben. Was starrte sie da überhaupt die ganze Zeit hin? Dass es ihm leid tue, hörte sie ihn sagen, er hätte sie nicht so überfallsartig belästigen dürfen, sie habe ganz recht mit ihrem Ärger.

»Menschen mit Stolz sind heutzutage selten geworden, jeder lässt sich alles gefallen, das ist mir unbegreiflich.«

Hatte sie richtig verstanden? Bat dieser Mann sie um Entschuldigung? Dieser bestimmt gebildete, wohlhabende Mann?

»Die *Frankfurter Allgemeine* haben Sie gesagt? Ich schau gleich nach!«

Sie schob sich quer durch das Geschäft, auflachend, sie konnte nicht anders. Dieser Mann mit den gepflegten

Händen hatte sie angelächelt! So hatte der Chef sie noch nie angesehen.

Im Lager durchsuchte sie die Regale mit den alten Zeitungen, bis sie fündig wurde, griff nach dem riesigen Blatt, warf einen Blick auf die Titelseite. In ihrer Anfangszeit im Zeitschriftenverkauf war es für sie noch etwas Besonderes gewesen, einem Kunden einen Wunsch zu erfüllen, zum Beispiel eine Zeitung vom Vortag zu bringen, zu sehen, wie er sich freute. Sie würde ihm die *Frankfurter Allgemeine* reichen und dabei ganz sicher nicht auf seine Hände starren.

»Steht wohl etwas Interessantes drin?«

»Ja, ein Artikel im Feui… im Kulturteil meine ich, über ein Museum, das hier in Wien hätte gebaut werden sollen. Am Karlsplatz, aber … es ist leider nicht gebaut worden, die Leute waren dagegen, weil ihnen der Stil nicht gefallen hat.«

»Zuerst sind die Leute immer gegen alles. Dann gefällt es ihnen eh meistens. Zwingen muss man sie manchmal, sonst würden wir ja immer noch wie die Neandertaler hausen.«

Ob das dumm war? Der Mann lächelte schon wieder. Wie hatte sie ihn für arrogant halten können?

»Sie ahnen nicht, wie recht Sie haben. Nochmals vielen Dank, Frau Tamara! Übrigens, Ludwig Bilinski mein Name! Ich freue mich schon auf das nächste Mal.«

Er drehte sich um, ging zur Kassa, zahlte. Wie kalt und trocken die Luft war, der Zeitschriftenstaub. Ihre Hand hingegen fühlte sich warm an, er hatte sie geschüttelt. Sie ging in den Pausenraum, bedachte nicht einmal das Risiko, die Visite des Chefs zu versäumen.

Seitdem kam der Mann jeden Samstag, Punkt zehn. Kaufte seine Zeitungen, sie plauderten ein paar Minuten, das war's. Aber heute war Sonntag. Und sein Gesicht ernster als sonst. Tiefe Falten, die ihr vorher nie aufgefallen waren, von der Nasenwurzel zur Stirn, von den Mundwinkeln abwärts.

»Herr Ludwig, so eine Überraschung! Gestern was vergessen?«

»Nein, gar nichts, zumindest keine Zeitung …«

Der Lärm im Geschäft schien nachzulassen, als hielten alle inne, um Tamaras rotes, schwitzendes Gesicht zu studieren. Könnte sie bloß einen Grund finden, um zu toben und schimpfen, das beherrschte sie, darin war sie geübt. Nur, womit sollte sie Herrn Ludwig beeindrucken?

»Aber eigentlich habe ich doch etwas vergessen …«

Vielleicht würde der Chef auftauchen und diesen Horror beenden? Oder Herr Ludwig sie … Ausgerechnet sie! Bloß, weil er freundlich zu ihr war? Viele Menschen waren freundlich zueinander, ohne dass sie … um ein Treffen baten, um ein … »Rendezvous«. Hatte er das wirklich gesagt?

»Wie meinen Sie das?«

»So, wie ich es sage: Ich würde Sie gern auf ein Eis einladen. Wir kennen uns jetzt seit fast einem Jahr, da könnten wir uns ohneweiters mal ein bisschen länger unterhalten. Aber wenn Sie natürlich …«

»Nein, nein, ich würde gerne mit Ihnen … Also, ich meine, warum nicht? Am Donnerstag habe ich frei.«

Endlich lächelte er, räusperte sich. Schlug einen Treffpunkt vor, bat Tamara um ihre Telefonnummer, »für alle Fälle«. Mit ruhiger Hand, als notierte sie die Tagesbilanz nach Dienstschluss, schrieb sie die Nummer auf eine Visitenkarte des Geschäfts. »Also dann, Frau Tamara, wir sehen uns am Donnerstag. Ich freue mich. Und verzeihen Sie meinen außertourlichen Besuch. Ich bin selbst kein Freund von Überraschungen …«

»Das ist schon in Ordnung. Alles ist in Ordnung! Ich freu mich auch.«

Er nickte wortlos, ging, während Tamara einsah, dass sie alle, die sich nicht an Regeln hielten, heute in Ruhe lassen würde. Wenig später kam der Chef. Sie schämte sich für den Gedanken, dass er eigentlich ein hässlicher Mann war.

3

Aus dem Radio kam *Freedom* von Pharell Williams, kaum hörbar, wie Musik, die durch die dicken Mauern eines Clubs dröhnte. Der Einbeinige legte den Bleistift in den Falz, schaute vom Moleskin auf, zur ratternden Kaffeemaschine, dann zum geschlossenen Küchenfenster. Er hatte freie Sicht auf den Balkon des gegenüberliegenden Gemeindebaus. Dort rekelte sich eine nackte Frau in einem Liegestuhl in der Mittagssonne. Er selbst saß in seinem abgewetzten Fauteuil, seine Prothese hatte er auf einer Teekiste gelagert. Drehte sie abwechselnd nach links und rechts, sodass sein Schuh die Frau verdeckte oder freigab. Sie rauchte, doch was machte ihre zweite Hand? Seine war schon zur Hälfte unterm Hosenbund verschwunden, das Notizbuch fiel zu Boden, ächzend und stöhnend tröpfelte das letzte Wasser in die Kaffeemaschine ein, Dampf stieg auf, die Kanne war voll. Noch ein Seufzen kam von der Couch, ein zweites, dann ein Gähnen. Der Einbeinige richtete seinen Blick dorthin, verärgert, weil er wohl oder übel die Hand aus der Hose ziehen musste. Gleich würde Norbert aufgewacht sein.

In der vergangenen Nacht war er wahrscheinlich wieder mal im Wald gewesen. Thoreau spielte dabei keine Rolle, Verzweiflung schon eher. Frühmorgens kam er dann in erdverschmutzter Kleidung heim, mit blutigen Fingerkuppen und Schrammen im Gesicht. Legte sich auf die Couch, wimmerte und verzog seinen Mund, als tobten in seinem Hirn die ärgsten Horrortrips. Bis er einschlief und sich nicht mehr rührte, ja nicht mal mehr zu atmen schien. Früher hatte der Einbeinige hin und wieder sein Ohr an Norberts Brust gelegt, bloß um sicherzugehen.

Seit dem vergangenen Herbst wohnte Norbert hier, umsonst, obwohl er bereits mehrmals angeboten hatte, Miete zu zahlen. Doch der Einbeinige wollte sein Geld partout nicht nehmen. Kein Arrangement unterstützen, das ›auf ungleichen Machtverhältnissen basierte und Leid verursachte‹, wie er es in einem *Augustin*-Artikel formulieren würde. Aber auch ohne linke Floskeln war eines klar: Er trank Fair-Trade-Kaffee, aß Fair-Trade-Essen, trug Fair-Trade-Klamotten – Norberts Geld anzunehmen wäre inkonsequent und verlogen.

Der Deal mit jenem Mann hatte im vergangenen Winter begonnen, in einer eisig kalten Nacht am Schwedenplatz. Sie saßen auf einer Bank, Taxis und Nachtbusse donnerten über den Franz-Josefs-Kai, Norberts blaufleckige Hände zitterten so stark, dass ihm der Joint immer wieder zu Boden fiel. Er erzählte dem Einbeinigen von jenem Tag, als er, elf oder zwölf Jahre alt, zuhause in der Besenkammer eine Gitarre entdeckte, eingekerkert zwischen Putzzeug und Schachteln. Ihr Klang habe ihn nicht mehr losgelassen.

»Vorher ist sie mir nie aufgefallen, vielleicht war sie mir auch egal, keine Ahnung. Aber an dem Tag … Ich hab sie genommen, bin damit in mein Zimmer, hab drauf rumgeklimpert. Total happy. Dann ist meine Mutter heimgekommen. Sie reißt die Tür auf, schmiert mir eine und zertrümmert die Gitarre am Türstock. Komplett irre.«

Norbert zog an seinem Joint. So gierig, als wollte er ihn als Ganzes einsaugen.

»Und diese Gitarre war von deinem Vater?«, fragte der Einbeinige.

»Anzunehmen.«

»Daher also der Hass auf deine Mutter, von solchen Aktionen?«

»Wer sagt, dass ich sie hasse?«

Da stand wie aus dem Nichts ein Mann vor ihnen, nicht allzu groß, eine hagere Gestalt. Sein Gesicht war halb verdeckt von Schal und Hut, sein Parfum passte nicht zu Uhrzeit und Gegend. Norbert ließ den Joint fallen, der Fremde beschwichtigte, er sei kein Polizist, er benötige bloß Feuer. Er hatte eine sonore Stimme und sprach nach der Schrift. Norbert klaubte den Joint auf, reichte dem Mann ein Feuerzeug. Der nahm ein Etui aus seiner Manteltasche. Ob sie es gestatten würden, dass er hier stehen bleibe, sein Taxi müsse jeden Moment kommen … Alleine sei ihm der Schwedenplatz um diese Zeit nicht ganz geheuer. Seine Verschrobenheit kam dem Einbeinigen einstudiert vor, routiniert wie das Anzünden des Zigarillos.

»Soviel ich weiß, kann jeder rumstehen, wo er will«, erwiderte Norbert. »Wobei, das kann auch ins Auge gehen. Sicher, dass wir nicht die Typen sind, vor denen Sie sich anscheißen?«

Er lehnte sich zurück, sah zum Himmel, blies Rauch aus. Protestierte nicht, als der Mann das Feuerzeug kommentarlos in die Manteltasche steckte.

»In welche Richtung fahren Sie eigentlich?« Norbert schnippte seinen Jointstummel weg, rieb sich die Hände. »Kommen Sie am Westbahnhof vorbei? Mir ist kalt, und ich bin ziemlich paniert. Würden Sie mich mitnehmen?«

Der Mann erwiderte, kein Problem, seine Fahrt führe ihn über den Westbahnhof. »Hier kommt auch schon mein Taxi.« Ein dicker Schwarzer stieg aus, winkte dem Mann zu. »Wollen Sie …?«

Der Einbeinige lehnte ab. »Komm gut nach Hause, Norbert.«

Der Mann ließ den Zigarillo fallen, zertrat ihn, steckte die Hände in die Manteltaschen: »Sie müssen sich keine Sorgen machen.«

Norbert war bereits ins Taxi eingestiegen …

… und seither nicht mehr ausgestiegen. Der Einbeinige warf einen Blick zur Couch. Bis zum heutigen Tag nicht. Dafür gab es natürlich gute Gründe. Der Deal garantierte ein müheloses Einkommen, Norbert konnte seine Tage zwanglos in der Stadt verbringen, ohne Job, ohne staatliche Unterstützung. Konnte in Kaffeehäusern sitzen und Comics lesen oder am Donaukanal chillen und Pärchen beobachten. Er konnte seine Zeit im Wald totschlagen, oder in den Armen einer Frau.

Trotzdem kam ihm Norbert in letzter Zeit immer getriebener vor, ein Zündholz, das an beiden Enden abbrannte. Es ging ihm schlicht scheiße. Der Einbeinige war davon überzeugt, er wäre sonst nie so weit gegangen, die Adresse von Norberts Mutter ausfindig zu machen, ihr einen Brief zu schreiben. Er hasste es, sich in das Leben von anderen einzumischen.

Es war wohl der Kaffeegeruch, der ihn endlich aufwachen ließ. Norbert öffnete seine Augen, sah den Einbeinigen an, dann zum Fenster. »Warum machst du es nicht auf? Die Luft ist ja zum Schneiden.«

Der Einbeinige verdeckte die Frau am Balkon mit seinem Schuh, bückte sich nach dem Moleskin, griff zur Fernbedienung und schaltete das Radio aus.

»Wolltest du dir gerade einen runterholen?«

Er stand auf, ging zum Fenster, ließ die Jalousien herunter.

»Oder hast du wieder geschrieben? Einen Artikel über mich? Willst du deshalb wissen, was ich im Wald getrieben habe?«

»Was sollst du getrieben haben? So interessant bist du nicht.«

Das war natürlich gelogen. Interessant fand er Norbert allemal. Zudem rätselhaft. Vielleicht, weil es auf der Hand lag: prügelnder Stiefvater, depressive Mutter, indifferente Großeltern, intrigante Freunde, schlechte Lehrer, Nächte im Keller, Schwänze im Arsch. Nicht jedem war so viel Klarheit über die Gründe seines Schicksals gegönnt. Nicht jeder wollte es so genau wissen. Norbert behauptete, die Vergangenheit interessiere ihn nicht. Abgesehen von der zertrümmerten Gitarre sei alles in bester Ordnung gewesen: Zoobesuche in Schönbrunn, Kekse backen im Rathaus, die Stadt und seine Mutter hätten gut für ihn gesorgt. Und dass alles weit schlimmer hätte ausgehen können.

›Schlimmer?‹

›Naja, jetzt bleiben wir mal am Teppich. Ich bin kein Räuber, kein Terrorist und kein Mörder.‹

›Aber auch kein Koch, kein Tischler, kein Ingenieur. Warum tust du dir diese grindige Sache an? Das kann dich doch nicht befriedigen.‹

›Pfffff … wie mich das befriedigt! Und ich find es auch geil, durch den ersten Bezirk zu latschen und für einen

Sandler gehalten zu werden, und in meiner Tasche schlummern ein paar Hunderter.‹

So oder ähnlich hatten bislang alle Gesprächsversuche über die Angelegenheit geendet.

Der Einbeinige schenkte zwei Tassen Kaffee ein, setzte sich wieder in seinen Fauteuil, zündete sich eine Zigarette an. Es war das einzige Laster, von dem er noch nicht losgekommen war, reine Nostalgie wie seine Abstecher in den Stadtpark. Beides würde sich irgendwann erübrigen. Wozu mit einem Haufen Junkies und Alkoholiker die Zeit verschwenden? Er hatte es längst aufgegeben, sie von der Selbstzerstörung abbringen zu wollen. Sollte doch jeder machen, wonach ihm der Sinn stand, solange er dann nicht jammerte, wenn ihm etwa ein Bein amputiert wurde. Das war sein Standpunkt. Bloß bei Norbert rückte er davon ab. Zum ersten Mal seit langem plagten ihn echte Sorgen um einen Menschen.

»Die letzte Nacht steckt dir noch in den Knochen, was? Wieder einmal.«

»Klar ist es mir mies gegangen. Ich hätte Random die Nase brechen sollen.«

»Vielleicht. Aber vielleicht solltest du das Tattoo einfach wegmachen lassen.«

»Du gibst mir die Schuld, dass der sich nicht unter Kontrolle hat?«

4

Norbert nahm sein Handy. Es war kurz nach eins. Wie durch einen Schalldämpfer hörte er den Einbeinigen labern. Er kannte diese Sprüche. Er musste raus aus der Wohnung.

Auf der Straße erinnerten ihn gellende Kinderstimmen an die Leichtigkeit des Sommers, weiche Haut, Grashalme. Er bekam Lust auf Bier. Besorgte sich zwei Dosen, hastig machte er die erste auf, ging stadteinwärts in Richtung Westbahnhof. Am schmalen Gehsteig herrschte aggressives Gedränge, er kam kaum voran. Jetzt mit irgendeinem Menschen nach Hause gehen. Sich ausziehen, vögeln, kalt duschen, was essen. Ein gebügeltes T-Shirt anziehen, es würde gut riechen – wonach? Früher, als er noch häufiger in fremden Wohnungen gewesen war, hatte er manchmal nach dem Duft gesucht. Hatte sich vom schlafenden Körper neben sich losgemacht, war zum Kleiderkasten geschlichen, hatte an der Wäsche gerochen. Er war jedes Mal enttäuscht worden. Keines der Mädchen hatte das Waschmittel seiner Mutter in Verwendung.

Er setzte sich auf eine Stiege, die zwischen einer Apotheke und einem Instrumentengeschäft in eine ruhige Gasse führte. Auf den Stufen unter ihm ein junges, ineinander verkeiltes Pärchen. Er musterte die Gitarren in der Auslage. Wenn er jetzt einen Pflasterstein hätte, er würde ihn gegen das Glas schleudern, ein lautes Krachen, Bruchlinien, abertausende Splitter. Das Mädchen bemerkte ihn, sprang auf, rannte davon. Der Bursch, zunächst verwirrt, warf ihm einen bedrohlichen Blick zu. Dann rannte er seiner Freundin nach. Norbert trank sein Bier aus, drückte die Dose zusammen, warf sie weg, öffnete die zweite, ging weiter. Am liebsten hätte er jeden angerempelt, der ihm im Weg stand. Bartlose Knirpse spuckten vor seinen Füßen aus, ein Köter hockte unter einem Obststand und schiss, ein SUV mähte fast eine Türkenmami nieder.

Er landete in einem Sportwetten-Café. Betrachtete die misslungenen Menschen um sich, aus dem Orient oder Favoriten mit einem One-Way-Ticket angeschwemmt. Wie erbärmlich es wäre, hier zu enden. Dann schon lieber Kärntner, Ecke Ring ... Nach dem ersten Mal war er angewidert weggerannt, durch die Opernpassage in Richtung Karlsplatz. Der Geruch von Sperma, Putzmittel und Zigaretten hatte ihm die Nase verätzt, die Lunge, den ganzen mageren Körper. Während er sich durch einen schummrigen Tunnel voller zerstörter, stumpfsinnig dahinschlurfender Arschlöcher gekämpft hatte, in deren vertrottelte Visagen er schlagen, deren kaputte Gehirne er zertrümmern hätte wollen. War weitergelaufen, in einem Stück bis zur Karlskirche, erst dort stehen geblieben, außer Atem, voller Ekel, bei Temperaturen weit unter null. Hätte sich am liebsten die Kleider vom Leib gerissen, nackt im Schnee gewälzt, vor einem Gott, den er nicht kannte, der ihn nicht kannte, er war ja nicht einmal getauft. Hatte dann die Hand in die Jackentasche gesteckt, das Geld betastet, zudem etwas anderes, er hatte es herausgezogen, eine alte Ansichtskarte mit einer Schwarz-Weiß-Aufnahme des Stephansdoms. Hatte sie nach kurzem Zögern zerknüllt, wieder eingesteckt, war noch stundenlang durch die Gegend geirrt, in der schwachsinnigen Hoffnung, Marie würde um die nächste Ecke biegen und ihn in den Arm nehmen. Später zuhause, der Einbeinige war zum Glück nicht da, hatte er geduscht, bis das eiskalte Wasser auf seiner Haut gebrannt hatte, bis er überzeugt gewesen war, wieder sauber zu sein, den alten Mann nicht mehr zu riechen, seinen Speichel losgeworden. In der Nacht hatte er dennoch nicht schlafen können, Kiffen und Trinken hatten nichts genutzt, sobald er die Augen geschlossen hatte, war er wieder dort gewesen, OPERA TOILET VIENNA, was für ein alberner Name. Und sein Schwanz war wieder von dünnen Lippen in einem faltigen Gesicht aufgesaugt worden, knochige Finger hatten sich wieder in seinen Hintern gegraben, er hatte sich wieder nicht beherrschen können. Er war dem Alten mit den Händen durchs Haar gefahren, zärtlich, diese Erinnerung hatte ihn die ganze Nacht gequält, beschämt, wieso hatte er überhaupt eine Erektion gehabt? Noch mehr kiffen und trinken, vergebens. Irgendwann, fast schon im Morgengrauen, hatte er die zerknüllte Ansichtskarte hervorgeholt, sie geglättet, das Foto vom Stephansdom mit einem Kribbeln im Bauch betrachtet. Am nächsten Samstag würde er wieder dort sein. Kärntner, Ecke Ring, seinen Job erledigen, vielleicht dem Alten wieder durchs Haar fahren. Wenn er ein Würgen spürte, würde er es wieder unterdrücken.

Sein Handy vibrierte. Einen richtigen Job suchen, wie es ihm der Einbeinige ständig riet, warum nicht? Aber vielleicht müsste er das gar nicht. Vielleicht ließe sich das Ganze wieder eindämmen. Bilinski allein wäre doch okay. Er könnte mehr verlangen. Damit sich das Restliche erübrigen würde: ›16 Uhr. 2 Stunden. Parkgasse.‹ Er hatte die Ansichtskarte in der U-Bahn liegen gelassen und dachte daran, Forderungen zu stellen? Er war so ein widerliches Arschloch. Rannte aufs Klo und steckte sich den Finger in den Mund.

5

Und was machten Sie, verehrter Bilinski, zu Beginn jener letzten Woche Ihres alten Lebens? Waren Sie in Gedanken bei Frau Tamara und dem bevorstehenden Rendezvous; oder beschäftigte Sie Norbert Bauer und dessen unversehrter Körper? Fragten Sie sich, ob und wie diese beiden Fronten miteinander in Einklang zu bringen wären? Oder überlegten Sie, von welcher der beiden sie sich zurückziehen müssten, um in der anderen den Durchbruch zu erzielen? Natürlich nicht. Sie waren weiß Gott mit Größerem beschäftigt als mit banalen Romanzen und kindischen Trieben, den Niederungen menschlicher Emotionen.

Zum Beispiel stand der letzte Besuch bei Meister Walter an. Nach einem Bad und einer gründlichen Rasur kleideten Sie sich am Dienstagmorgen in Hose, Hemd und Gilet. Sie setzten sich eine Baskenmütze auf, schlüpften in Mokassins, nahmen Ihren im Le Bon Marché in Paris erworbenen Gehstock aus Makassar-Ebenholz. So begaben Sie sich mit der Straßenbahn zum Schottentor, spazierten zur Bellaria, tauchten in die Hofburg ein. Standen eine Weile vor dem Denkmal für Kaiser Franz I., verewigt als antiker Caesar. Lasen im Antlitz des Antagonisten Napoleons Zustimmung und Ermutigung, ein Hochgefühl empfindend, das auch am Michaelerplatz nicht abebbte. Die Ausgrabungen aus der Römerzeit verdeutlichten das biblische Alter Wiens, das Café Griensteidl erinnerte an das glorreiche Fin de Siécle, das Loos-Haus mahnte, Ziele auch dann nicht aufzugeben, wenn Sie auf den Widerstand ignoranter Zeitgenossen stießen.

Durch eine Pforte gelangten Sie in einen kleinen Innenhof. Blumentröge an den Fenstern. Die lärmenden Menschenmassen wirkten in weiter Ferne. Das Gurren einer einsamen Taube. Ein an die Wand gelehntes Waffenrad. Nahe den teuersten Straßen der Stadt, in den Fängen anonymer Investoren oder Parvenüs aus der Provinz, gab es hier noch kleine, unverwechselbare Geschäfte, die bereits in dritter oder vierter Generation existierten, für Knöpfe aller Art etwa, einen Schuhmacher oder ein auf Lexika spezialisiertes Antiquariat. Manche wurden in Stadtführern als Beispiele für die ›schwindende Unverwechselbarkeit des Handels in Wien‹ gepriesen, eine zweifelhafte Ehre, die Meister Walters Modelleisenbahngeschäft nicht zuteilwurde. Kein Wunder, es schien seit Jahren leer zu stehen. Wenngleich kein Schild mit Hinweis auf ›Ruhestand‹ oder ›Insolvenz‹ diesen Eindruck bestätigte, im Gegenteil: Eine Messingtafel schilderte Öffnungszeiten aus. Im Schaufenster jedoch war vor dunkelgrünem Vorhang lediglich ein Siebdruck mit einer Darstellung des alten Wiener Nordbahnhofs zu sehen.

Dabei befand sich Meister Walter am Höhepunkt seines Schaffens. Aber das konnte niemand außer Ihnen wissen. Seit zehn Jahren waren Sie sein einziger Kunde – eine Ihrer zu Beginn gestellten Bedingungen. Und gewiss würden Sie sein letzter sein. Ihr Auftrag habe ihn ausgezehrt, wie er unlängst bemerkte, er sehne sich nach Ruhe. Seine Hände verdienten nach jahrzehntelanger Arbeit noch ein paar Jahre der Rast.

Zum letzten Mal saßen Sie in seiner ›Kapelle‹, einem von Dutzenden Kerzen beleuchteten Kellergewölbe unterhalb des alten Geschäftslokals. Sie lauschten einem Klavierkonzert von Grieg, nippten an einem Glas Roten Burgunder, ließen Ihren Blick über die Fotografien an den Wänden schweifen: Historische Aufnahmen von längst verschwundenen oder mittlerweile entstellten Bahnhöfen waren da zu sehen, der Grand Central Terminal in New York, der Pariser Gare de l'Est, der Hauptbahnhof von Leipzig oder der Sirkeci Gari in Istanbul – Kathedralen des Reisens aus Eisen und Stahl aus einer Epoche, in der das Aufbrechen, das Ankommen und vor allem das Warten noch wie ein Hochamt zelebriert wurden.

Meister Walter stopfte seine Bruyèrepfeife. Im Flackern des Kerzenlichts wirkte der auf die Wand geworfene Schatten seines Profils wie eine Gloriole, mit seinem dichten, weißgelockten Haar, dem seherischen Blick, der Adlernase, den vollen Lippen und dem spitzen Kinn erschien er Ihnen wie ein Philosoph der Antike. Sie erinnerten sich gern an Ihre erste Begegnung im Historischen Museum. Dort hatte eine Spezialausstellung zur Geschichte der Bahnhöfe Wiens stattgefunden, in deren Fokus die prunkvollen Anlagen aus der Gründerzeit standen, nach 1945 demoliert und durch glanzlose Zweckbauten ersetzt. Unsinnigerweise konnten Sie sich der Ausstellung nicht entziehen, obwohl Sie ahnten, in welche Gefühlsgräben sie sich dadurch zu manövrieren drohten. Von klein auf hatten Sie in Wien das Verschwundene vermisst und das Neue verabscheut.

Was Wunder, wenn Sie mit jedem Schritt durch das Museum bedrückter wurden. Unverständlich, wie andere Besucher hier vergnügt herumflanieren konnten. Dass man sich nicht an den Händen hielt, einander stützte, die Schultern zum Ausweinen anbot. Vor einem Bild, das den alten Nordbahnhof mit dem Praterstern im Vordergrund zeigte, kullerten ein paar alberne Tränen über Ihre Wangen.

»Ist es nicht ein Jammer?« Sie hörten eine gegerbte Stimme, spürten eine Hand auf Ihrer Schulter. Zuckten zusammen. Starrten den zudringlichen Mann neben sich an. Er erwiderte Ihren Blick. Was für ein Rauschen in Ihrem Kopf! Sie erkannten sofort, wie es ihn quälte, es war dieselbe Qual, die Ihnen den Schlaf raubte. »Man möchte weinen ...«

Ihnen versagte die Stimme. Das Glänzen in den Augen des Mannes. Seine Hand massierte Ihre Schultern. Sie neigten den Kopf zur Seite, schielten zum Bild des Nordbahnhofs, dem Sie sich, den Praterstern querend, auf Viadukten in einem Salonwagen näherten. Von einem langgezogenen Signal begleitet, fuhren Sie in die Halle ein, traten auf den Bahnsteig, sahen Meister Walter, der Ihnen zuwinkte, einen Mouton Rothschild in der Hand. Sie näherten sich ihm, ein knappes Wort der Begrüßung, Sie streckten ihm die Hand entgegen, dann fielen Sie einander in die Arme. Drückten einander, die Weinflasche zerschellte, und als seine Hände Ihren Rücken streichelten, brachen Sie in Tränen aus.

Erst, als Sie das Historische Museum verließen, hatten Sie sich wieder halbwegs gefasst. Sie blickten auf den Karlsplatz und empfanden ihn als ... schön. Sie breiteten die Arme aus und atmeten tief ein.

»Haben Sie noch Zeit?«, fragte Meister Walter. »Vielleicht möchten Sie mich begleiten? Ich würde Ihnen gerne etwas zeigen. Mein, nun ja, privates Vergnügen.«

Sie betraten zum ersten Mal das Modelleisenbahngeschäft: Lokomotiven, Stationshäuschen, Verschiebebahnhöfe, und über allem der Geruch von süßem Pfeifenrauch. Der Meister aber schubste Sie in das Atelier dahinter. Dort staunten Sie über eine detailgetreue Nachbildung des alten

Nordbahnhofs. Wieder kämpften Sie mit den Tränen. Seit Ihrer Kündigung bei der *Arbeiterzeitung* war Ihnen das nicht mehr passiert.

»Was sagen Sie? Gefällt er Ihnen? Das ist erst der Anfang. Ich will sie alle bauen, alle alten Bahnhöfe unserer Stadt. Gleich morgen will ich mit dem Südbahnhof beginnen. Finden Sie das sonderbar?«

Mein Gott, wie Ihr Herz raste, frisches Blut in Ihren Körper pumpte! Sie schauten auf Ihre Hände ... Sie wirkten plötzlich so glatt, so rein, so ... schön. Wie es wäre, mit eigenen Händen ... Sie beneideten Meister Walter um seine Fähigkeit. Seine Tatkraft. Seinen starken Geist. Nur ein starker Geist durchdringt den trägen Leib. Er hatte die Welt verändert. Dass Sie ihm begegnet waren! Es konnte unmöglich folgenlos bleiben. Hastig leerten Sie Ihr Glas. Der Meister schenkte Ihnen nach. Kaum ahnend, wie bewegt Sie waren, welche Weichen gestellt wurden. Oder doch?

»Ich werde sie wieder aufbauen!«

Er kniff die Augen zusammen. »Was meinen Sie?«

»Die Stadt! Wien! Ich werde sie wieder aufbauen! Wir werden sie wieder aufbauen! So, wie sie einst war! Nein, nein, das reicht nicht! Warten Sie! Ja, so, wie sie einst erdacht war! Alles Verschwundene und nie Gebaute! Alles Demolierte und Erträumte. Jedes einzelne Gebäude! Sie soll Wirklichkeit werden! Vienna gloriosa! Es ist mein Ernst! Helfen Sie mir! Ich beknie Sie!«

»Aber wie ...«

»Ich habe Platz! Genug Platz! Ich sehe es vor mir. Mein Dachboden. Er ist riesig! Dort soll sie entstehen! Jedes einzelne Gebäude! Meister Walter! Sagen Sie mir: Sie sind doch ein Handwerker alten Schlags! Ein Mann, der einem

Gedanken Gestalt geben kann! Ein Genie! Ihre Hände waren in der Lage, dieses Modell zu errichten! Trauen Sie sich das zu? Sie zu bauen? Mit mir? Für mich? Vienna gloriosa!«

»Vienna gloriosa ...«

»Ja! Ja! Wir brauchen natürlich Pläne! Und Bilder! Wir müssen genau sein! Wir müssen Entscheidungen treffen! Welche Gebäude bleiben? Welche wollen wir ersetzen? Womit?«

Meister Walter betrachtete sein Nordbahnhofmodell mit stechendem Blick, die Stirn in Falten gelegt. Sie frohlockten. Er war bereits an die Arbeit gegangen.

»Sie sind der erste Mensch seit langem, der mich versteht! Was sagen Sie?«

Der Meister hob sein Glas.

»Vienna gloriosa!«

»Vienna gloriosa! Wir werden sie wieder aufbauen!«

Und heute, zehn Jahre später, waren Sie gekommen, um den letzten Baustein Ihrer Stadt entgegenzunehmen: Das von Otto Wagner geplante, jedoch nie errichtete Stadtmuseum am Karlsplatz, in dessen minderwertigem Ersatzbau Sie einander kennengelernt hatten. Vienna gloriosa war vollendet.

»Zehn Jahre! Zehn Jahre! Und davon sind die vergangenen Wochen die schönsten gewesen. Es wäre so ein großartiges Museum geworden! Diese Stadt hat das merkwürdige Talent, sich die wertvollsten Begabungen vom Leib zu halten.«

Wie recht Meister Walter hatte, wie hellsichtig er war! Sie aber würden Wiens Allergie auf jede Form von Genialität nicht akzeptieren, diese Stadt zu ihrem Glück zwingen, ihr zu Leibe rücken. Ihr Traum war zu kostbar, um im Verborgenen zu bleiben, zu mächtig – das war Ihnen im Laufe der

Jahre klargeworden. Zunächst als absurder Gedanke, dann als fesselnde Möglichkeit, schließlich als konkretes Vorhaben. Vienna gloriosa – kein Wahn, Wirklichkeit! Jeglicher Zweifel wurde nach und nach begraben unter den Bauwerken, die Sie regelmäßig beim Meister abholten, zuhause einsetzen ließen.

»Wann werden Sie mich beehren? Wann werden Sie unser gemeinsames Werk bewundern?«

Der Meister winkte ab. Er erkannte wohl die Halbherzigkeit Ihres Angebots; wusste, dass Sie Ihre Stadt mit niemandem teilen wollten. Am Sonntag würde auch er begreifen, vielleicht sogar als Einziger. Ihr Fait accompli verstehen. Augenblicklich würde ihm alles klar sein, doch Sie hatten nichts zu befürchten. Sie zweifelten nicht an seiner Loyalität, im Gegenteil: Er würde den Erinnyen, die Sie losschickten, begeistert zujubeln. Ach was, nicht nur er! Alle! Die ganze Stadt, das ganze Land, die Welt; das Universum würde sich vor Ihnen und Ihrer Kühnheit verbeugen!

»Es ist Zeit. Ich werde es holen gehen.«

Bald darauf brachte er eine kleine Holzkiste mit Wagners Museum darin. Der Beginn der Verabschiedung. Ohne Aussicht auf ein nächstes Mal. Ohne Vorfreude auf das kommende Bauwerk.

Sie traten auf den Innenhof. In der Auslage das Bild vom alten Nordbahnhof. Ein kalter Schauer lief Ihnen über den Rücken. Die Augen des Meisters bekamen ihr jugendliches Leuchten zurück.

»Für Wartungsarbeiten stehe ich zur Verfügung.«

»Tun Sie sich doch was Gutes und machen Sie eine Reise! Oder kaufen Sie sich ein Haus in der Provence!«

Der Meister schüttelte den Kopf. »Ich gehöre hierher. In dieser Stadt weiß ich, was ich zu erwarten habe, im Guten wie im Schlechten. Beides bietet sie in Perfektion. Und mit etwas Geschick kann man sich ganz auf das Gute konzentrieren und das Schlechte ignorieren. Ich habe vor, den ersten Bezirk erst im Sarg wieder zu verlassen ...«

Den Händedruck vermochten Sie schon nicht mehr zu genießen. Zu bitter war der Gedanke, diese Geste gehöre nun der Vergangenheit an. Langsam, ohne sich noch einmal umzusehen, schritten Sie zum Durchgang. Öffneten das Tor, traten auf den Michaelerplatz, kakophonisches Touristentreiben. Sie warfen einen letzten Blick in den Innenhof, seufzten. Der Meister war verschwunden. Der einzige Freund, den Sie je hatten.

6

Zum ersten Mal besuchte Tamara sein Grab. Hatte eine Rose mitgebracht, einen kleinen Engel aus Stein. Las immer wieder die simple Inschrift: ›Francesco Domenico 1962–2012‹. War wie gelähmt, vergoss jedoch keine Träne. Als müsste sie sich dafür rechtfertigen, murmelte sie mehrmals hintereinander einen Satz, von dem sie nicht einmal wusste, ob er stimmte: »Ich bin traurig.«

Aber ja, sie war traurig. Sie hatte traurig zu sein! Er war Norberts Vater gewesen, die Liebe ihres Lebens. Ein Glückslos, das Menschen wie ihr selten zufiel. Und sie? Hatte die Chance vergeigt. Wenn sie nur mehr Zeit gehabt hätten! Wäre sie bloß geduldiger gewesen! Verständnisvoller. Die Flausen hätte sie ihm schon ausgetrieben, wenigstens in vernünftige Bahnen gelenkt. Er war talentiert, das hätte noch was werden können mit seiner internationalen Karriere. So wären sie vielleicht zu einem Haus am Wienerwald gekommen, mit Garten und Pool; bestimmt wäre Norbert bei ihnen geblieben. Er hätte Gitarre spielen dürfen, als er das wollte, und sie selber – hätte ganz anders reagiert. Sich gefreut. Ihr Sohn! Begabt wie sein Vater! Eines Tages wären die zwei gemeinsam auf der Bühne gestanden. Sie hätte backstage das Essen zubereitet. Eine flippige Künstlerfamilie. Sie würde nicht mehr ständig genervte Blicke von blöden Kunden kassieren, sondern Bewunderung. Wie sie strahlte, was für eine gute Figur sie noch hatte, wie Madonna! Kein Wunder, bei dem Mann, dem Sohn! Bei dem aufregenden Leben, das sie führten! Scheiß aufs Haus am Wienerwald, den Garten, den Pool. In einem Wohnwagen würden sie durch die Lande ziehen. Bleiben, wo es ihnen gefiel. Barfuß über Wiesen rennen. Am Abend ein Lagerfeuer, sie würden gemeinsam singen. Hätten Spaß, die ganze Zeit …

Wie kindisch sie war. Sie zündete sich eine Zigarette an. Wie hätte sie sich freuen können? Wieder einen Träumer zuhause. Ständig in Gefahr, abzudriften. Einen, der meinte, das Leben sei ein Wunschkonzert. Reich und berühmt werden wollen, und wenn es nicht klappte, auch egal. Als wäre er aus einer Ärztefamilie! Dort konnte man sich Flausen leisten, scheitern, auf die Realität pfeifen, aufs echte Leben. Leute wie sie konnten das nicht. Nichts anderes hatte sie Norbert beibringen wollen. War das so verkehrt gewesen?

Sie dachte an das letzte Mal, als sie Francesco gesehen hatte. Als er neu durchstarten wollte, sperrige Musik machte, keine Massen mehr anlockte. Ausgerechnet sie war zu einem Konzert von ihm gegangen, ja sie, das Tschapperl, das von guter Musik nicht viel verstand, sich nur Schrott aus den Hitparaden reinzog.

Über vier Jahre war das her. Sie war in aller Früh am Weg zur Arbeit gewesen, als sich ein bärtiger, verwahrloster Mann in der U-Bahn ihr gegenüber hinpflanzte. Francesco hätte er gefallen. War von der Sorte Mensch, die ihn anzog. Seine Ausdünstungen, eine Mischung aus Frittierfett und Schnaps, waren abstoßend, das hätte sogar Francesco zugeben müssen. Und diese leeren, ausgebrannten Augen! Nach kurzem Blickkontakt nahm sie erschrocken die Gratiszeitung aus ihrer Tasche, begann darin zu blättern. Francesco hatte ihr immer eingeschärft, doch eine anständige Zeitung zu lesen. Aber in dem Fall war es ein Glück, mehr oder weniger, jedenfalls komisch. Als ihr sein Name im Veranstaltungsprogramm auffiel, sein Künstlername, Frank Sunday. Da musste sie schmunzeln, der Kindskopf, nannte sich immer noch so! Erst im zweiten Moment wurde sie durch heftiges Herzklopfen aufgerüttelt, ihr wurde klar, welch seltsamer Zufall es war. Über fünfzehn Jahre nach der Trennung. Plötzlich sein Name in der Zeitung. Wie oft hatte er sie verarscht, weil sie an das Schicksal glaubte. Aber es konnte kein Zufall sein! Sondern es war ein Zeichen. Eine Chance. Könnte nicht alles wieder gut werden? Sie musste zu diesem Konzert! Musste ihn wiedersehen!

Sie legte die Rose auf das Grab. Den Engel daneben. Ein kleiner Babyengel mit traurigem Gesicht. Wie nervös sie den restlichen Tag über gewesen war, ohne Gelegenheit, mit jemandem darüber zu reden. Mit wem auch? Ihren Kolleginnen erzählte sie nichts Privates. Und wen hätte sie nach der Arbeit anrufen sollen? Freundinnen? Hatte sie keine mehr. Ihre Mutter? Hätte sie erbarmungslos verspottet. Sie reservierte telefonisch ein Ticket. Stellte sich dann bis ins kleinste Detail vor, wie sie von den anderen Konzertbesuchern ausgelacht würde, auch von Francesco, vor allem von ihm. Wie er sie im Publikum erkennen und irgendwas Gemeines durchs Mikrofon sagen würde. ›Was denn, das Tschapperl hier? Doch noch gecheckt, was gute Musik ist?‹ Komisch. Dabei war er der letzte Mann, der ihr gesagt hatte, dass sie eine hübsche Frau war; sich nicht schämen musste. Lange her. Mittlerweile würde sogar er sie hässlich finden. Fett. Obwohl der Arzt stets sagte, sie sei ganz normal. Halt keine dreißig mehr. Aber was wusste der schon. Von den Blicken der Leute, sie sie aushalten musste.

Im Gasometer, wo Frank Sunday seinen Auftritt haben sollte, sah niemand sie blöd an. Sie war auch unauffällig gekleidet, ganz in Schwarz, trotzdem wunderte sie sich. So alt sie war, manche der Leute dort waren sogar älter. Zumindest sahen sie so aus. Im Gegensatz zum Mädchen hinter der Theke. Schenkte ihr ein Lächeln, obwohl Tamara bloß Mineralwasser bestellte. Warum war sie in der Arbeit nie so freundlich?

Sie ging in die Halle, ganz nach hinten, bald war sie gerammelt voll. Es war zwar nicht die Stadthalle, aber all die Menschen, Hunderte, waren nur gekommen, um ihn zu sehen. Ihren Francesco. Hatten dafür Geld ausgegeben. So gerne würde er wieder auf einer Bühne stehen, wie oft hatte er das zu ihr gesagt. Endlich! Plötzlich ging ein einzelner Scheinwerfer an. Konturen eines Körpers. Jubel und Gekreische, ja wirklich, Gekreische, mein Gott, rundum, das waren ja gar nicht nur alte Leute, da waren sogar junge Mädeln. Drehten fast durch, drängten zur Bühne. Und dort oben, das war er! Francesco! Sie bekam Gänsehaut. Die Musik setzte ein, grelles Licht leuchtete die Bühne voll aus. Die Menge tobte. Sie allein … blieb ruhig. Der Typ mit der Gitarre. In weißen Hosen und einem knielangen orangen Hemd. War es wirklich Francesco? Oder saß der vielleicht am Schlagzeug? Der Typ hinterm Synthesizer? Hatte jemand anders seinen Künstlernamen angenommen? War sie im richtigen Konzert? Sie wurde nervös. Wenn es Francesco war, der dort oben stand, fast reglos, nur seine Gitarre bearbeitete, mit geschlossenen Augen, dann war er nicht nur älter als früher, logisch. Sondern ein komplett anderer Typ. Die Aufmachung allein war es nicht. Sein Körper schien kräftiger, sein Gesicht wirkte frisch, als wäre er die letzten Jahre nur in der Sonne gesessen. Und dann noch sein Haar, diese endlosen Dreadlocks, in den Achtzigern hätten die gar nicht zu ihm gepasst. Aber diese Zeit war lange vorbei. Und sie musste zugeben, er sah gut aus. Wild. Exotisch. Wie von einem anderen Stern. Auch seine Musik! Was für Musik sollte das überhaupt sein? Die drei Instrumente machten einfach nur Geräusche, das war doch keine richtige Melodie, wie sollte man da reinkippen, mitsingen? Aber die anderen Leute … schienen wie weggetreten. Die kannten diese Klänge. Spielte er gar nicht seine alten Sachen? *Der Mann von La Mancha* oder *Wien, du Hure*? Das Einzige, was er von damals behalten hatte, war sein Name. Nein, das stimmte nicht. Auch seine sonore Stimme. Endlich sang er. Keine richtige Melodie. Keinen deutschen Text. Was war das überhaupt für eine Sprache? Und die Töne, die er mit seiner Stimme erzeugte! Tamara machte die Augen zu, ja, es war eindeutig Francesco! Sie begann zu wippen, den Kopf zu kreisen, schnippte mit den Fingern. Machte kleine Schritte nach vorne, tauchte nach und nach in die Menge ein, das war gut, niemand sah sie, achtete auf ihre Bewegungen, spottete. Alle hörten Francesco zu, alle fühlten sich wohl, sie fühlte sich wohl. Wie damals, vor Norberts Geburt, er hatte ihr so oft etwas vorgesungen. Sie waren einfach auf der Couch gelegen, er spielte Gitarre, nur für sie, aber war es nicht schön, unter all diesen Leuten? Dass auch sie vergessen konnten, weil Francescos Stimme sie beruhigte? Tamara öffnete ihre Augen. Blickte zur Bühne, Francesco direkt ins Gesicht. Sah er sie an? Über all die Köpfe hinweg, hatte er sie etwa erkannt? Er hatte doch gerade gelächelt, oder? Ja, kein Zweifel, mein Gott, vielleicht hatte er sie erkannt, freute sich. Freute sich, dass sie gekommen war, und sie sah ja gar nicht so schlimm aus, fühlte sich gut, das war ihr anzumerken, ihrem Gesicht, so viele Falten hatte es gar nicht, ihr Haar war immer noch schön wie früher, und ihren Körper konnte er in der Dunkelheit gar nicht ausmachen, mein Gott, wenn er ihr jetzt eine Liebeserklärung machte, von der Bühne herunter, sie würde ... Sie schreckte auf, ihr T-Shirt tropfnass, sie wurde rot im Gesicht. Bier. Jemand hatte sie mit Bier angeschüttet. Francesco? Nein, irgendein herumhüpfender Bursch, er zuckte mit den Schultern, grinste, sie nickte bloß. Sie wollte sich nicht aufregen, nicht auf Francescos Konzert. Ob er ihr noch einmal einen Blick zuwerfen würde? Sie sah zur Bühne, nein. Er hatte dem Publikum den Rücken zugedreht. Sie schob sich wieder nach hinten. Blieb für den Rest des Konzerts nahe beim Ausgang stehen. Es genügte ihr, seine Stimme zu hören, die ausgelassenen Leute zu sehen. Das T-Shirt klebte an ihrem Körper, aber sie musste ständig schmunzeln.

Danach taten ihr die Mundwinkel richtig weh. Als sie versuchte, hinter die Bühne zu gelangen. Sie hatte es nicht unbedingt vorgehabt, es war nur so ein Gedanke gewesen. Jetzt folgte sie einfach ihrem Impuls. Sie wollte ihn sehen, backstage! Es hätte sie auch niemand daran gehindert. Doch – Frank Sunday sei schon weg, hieß es, leider. Gleich nach dem Konzert verschwunden, wie ein richtiger Superstar. Ihr Francesco! Mehr konnte sie am Heimweg nicht denken. Ihr Francesco! Frank Sunday Superstar.

Wieder zuhause, in ihrer Wohnung, sie verriegelte alle Schlösser. Stand im Flur, der Kater streifte um ihre Beine. Hier hatte er gelebt, der Superstar, dem die Halle zugejubelt hatte. Dort hatten seine Doc Marten's gestanden, an der Garderobe seine Lederjacken gehangen, seine Palästinensertücher. Hinter der Tür zur Besenkammer ... war eine seiner Gitarren. Verstaubt. Sie setzte sich auf die Couch. Der Kater sprang auf ihren Schoß. Reckte seinen Kopf, schmiegte sich an ihre Wangen. Frank Sunday Superstar. War hier herumgelungert, hatte gejammert, sie gekränkt. Ihr heute einfach den Rücken zugewandt. Ach was, er hatte sie gar nicht erkannt. Aber dieser Typ, sein Schulterzucken und Grinsen. Hätte sich wenigstens entschuldigen können! Der Abend kam ihr unwirklich vor. Die Fahrt mit dem Nachtbus, das Dröhnen in ihren Ohren, der Biergestank. Was nun? Wie peinlich sie sich verhalten hatte! Wie ein alterndes Groupie, ein notgeiles, abgewracktes Groupie. Weshalb hatte sie Francesco ansprechen wollen? Was hätte sie zu ihm gesagt? Dass er ein fantastischer Musiker war, aber ein beschissener Mensch? Dass er bestimmt wieder zu Geld gekommen war, weshalb er nun seine Schulden begleichen möge? Dass er ihr eine zweite Chance geben sollte, gemeinsam würden sie Norbert finden. Ihm alles erklären? ›Mach dich nicht lächerlich‹, hörte sie ihre Mutter sagen. ›Dein Sohn kommt nicht mehr. Der ist froh, von dir weg zu sein, und ich kann ihn gut verstehen.‹ Was für eine bösartige Frau!

Am nächsten Tag hatte Tamara sie angerufen. Sie hatte schlecht geschlafen, sich aber wieder nüchtern genug gefühlt, um den Tatsachen ins Auge zu sehen. Sie bat die Mutter um die Nummer ihres Rechtsanwalts. Ein halbes Jahr später musste Frank Sunday ihr die offenen Alimente überweisen. Sie hatten einander nicht ein einziges Mal getroffen, es gab lediglich ein kurzes Telefonat. Von ihrem Konzertbesuch erzählte sie nichts. Er bezeichnete sie als geldgeile Schlampe. Nach Norbert fragte er nicht. Wenige Monate darauf war er gestorben. Diesmal endgültig.

Francesco Domenico 1962–2012. Sie hob die Rose wieder auf. Zuckte zusammen. Starrte auf den Stängel in der einen, den Kopf in der anderen Hand. Die Meldung von seinem Tod hatte ihr damals einen kurzen Stich versetzt. Mehr nicht. Keine Vorwürfe, kein schlechtes Gewissen. Das Geld hatte ihr zugestanden. Punktum. Ohnedies nicht für sie. Es war Norberts. Sie würden sich doch irgendwann wiedersehen. Dann würde sie ihm das Geld geben. Und Francesco? Dass er früh gestorben war, war seine eigene Schuld. Und wenn sie anders auf ihn zugegangen wäre, versöhnlich? Wenn sie wieder Freunde geworden wären? Vielleicht mehr? Sie sah zum Himmel. Vögel kreisten über ihr. Wie groß wäre ihr Schmerz dann erst bei seinem Tod gewesen! Und Norbert? Hätten sie ihn tatsächlich gefunden. Erst seine Freude, ein Wunder! Dann der Vater abermals tot, wirklich tot … Das hätte er nicht verkraftet! Das arme Kind! Sie sah wieder zum Grabstein. Francesco wäre gestorben. So oder so. Keinen Tag früher, keinen Tag später. Das Ende war jedem Menschen vorherbestimmt. Aber manchmal musste man nachhelfen. Um sich zu schützen. Sie hatte sich schützen müssen. Norbert. Als wäre ihr das leichtgefallen. Wo war er bloß? Und wenn er es wusste? Sie begann zu schwitzen. Er könnte doch von ihm gelesen haben. So wie sie. Erfahren haben, wer dieser Frank Sunday wirklich gewesen war. Francesco könnte ihn alleine gesucht, ihm die Wahrheit gesagt haben. Seine Wahrheit. Ihre Lippen zitterten. Nein! Keine Chance! Nie mehr! Sie würde Norbert nie mehr wiedersehen!

»Ach was, du hast ihn nicht gesucht! Dir war alles egal! Dir war dein Sohn egal!«

Sie hielt sich den Mund zu. Stängel und Rosenkopf fielen zu Boden. Der Babyengel weinte. Ihre Hand … war eiskalt. Weg von hier! Weg von diesem Mann! Sie hatte ihn … Nein! Sie durfte es nicht aussprechen. Nicht einmal denken. Sie sollte hier liegen. Eingegraben und verfault. Norbert wusste alles. Ihre Mutter hatte recht. Er war froh, von ihr weg zu sein. Hasste sie. Sie hatte Francesco zweimal sterben lassen. Sie war eine elende Mörderin.

7

Norbert trat auf die Parkgasse. Abendsommerhitze. Er kniff die Augen zusammen. Das Tor fiel krachend hinter ihm zu. Er hob seine rechte Hand, ballte sie zur Faust. Seine Knöchel waren aufgeschürft.

»Hast du dich geprügelt?«

Er bemerkte den kleinen Jungen vor ihm. Zehn, vielleicht elf Jahre alt. Norbert nickte.

»Warum?«

»Weil ich mich nicht ficken lasse. Hier, kauf dir was!«

Der Junge steckte den Fünfziger ein. Norbert fühlte sich gut, mächtig für ein paar Schritte. Er war es, der fickte. Random hätte er ficken sollen. Hätte es gratis gemacht. Seine Beine wurden schwer. Er ging gebückt. Querte die Lände, setzte sich an den Donaukanal, drehte sich einen Joint. Rauchte, stand wieder auf, ging in Richtung Innenstadt. Blieb nahe einer Bank stehen, darauf zwei Mädchen, hübsch, aufreizend angezogen. In ihm regte sich nichts, er spürte lediglich, dass Gelsen an seinen Waden saugten. Ficken ließ er sich nicht.

Das hatte er auch zu Bilinski gesagt, letzten Winter im Taxi. Ohne Umschweife war der Mann auf den Punkt gekommen. Dem Fahrer gegenüber hatte er offenbar nichts zu verheimlichen. Norbert, durchfroren und bekifft, ließ sich nichts anmerken. Keine Überraschung. Mit bizarren Nachtgesprächen hatte er Erfahrung.

»Und wie rennt das ab? Gleich hier im Taxi?«

Nein. Sie würden sich am Samstag treffen. Kärntner, Ecke Ring. Punkt elf Uhr.

Dann sagte der Mann nichts mehr, sah zum Fenster hinaus. Das Taxi reihte sich in die linke Abbiegespur ein. Die Ampel ging auf Rot. Norberts Herzklopfen und das Geräusch des Blinkers hatten den gleichen Taktschlag. Er könnte raus aus dem Wagen springen. Oder seinen Kopf an die Schulter des Mannes lehnen. Er machte beides nicht. Schwieg für die Dauer der restlichen Fahrt, wie Bilinski. Auch, als der ein Notizbuch und eine Füllfeder aus seiner Manteltasche nahm. Etwas aufschrieb, als wäre Norbert gar nicht da.

»Könnten Sie mich nicht ganz nach Hause bringen?«, fragte er, als sie am Westbahnhof angelangt waren. »Ist nicht mehr weit, dauert nur ein paar Minuten.«

Bilinski schüttelte den Kopf, riss eine Seite aus dem Notizbuch: »Du wolltest hierher. Hier sind wir.«

Norbert stieg aus dem Wagen. »Also dann …«

»Sei pünktlich! Und sei da! Ich mag keine Überraschungen.«

Der Mann drückte ihm den Zettel in die Hand, zog die Tür zu, das Taxi brauste davon. Er sah dem Auto nach. Arschloch, was glaubte der Typ eigentlich? Er trottete zu einem Imbisstand. Dass er ein Stricher war? Was bildete sich der alte Sack ein? Konnte sich einen anderen suchen! Scheiß Schwuchtel!

Mit einer Dose Bier in der Hand ging er heim. Hielt den Zettel vor sich her, wieder und wieder las er, was der Mann aufgeschrieben hatte. Was sollte das heißen? Der Alte war ein Psycho. Ein kranker Geldsack. Aber er würde dort sein. Das wusste er, als er das Haustor aufsperrte. Er hatte drei Tage Zeit. Leicht verdientes Geld. Im Notfall könnte er dem Alten immer noch die Finger brechen.

Die beiden Mädchen auf der Bank winkten ihm zu. »Hey, du da! Lust auf einen Ofen?« Sein Handy vibrierte. Die

Gelsen nervten. Er wusste nicht, was er zuerst machen sollte, wem sich zuerst widmen, den Mädchen, dem Handy oder den Gelsen. Er bückte sich, schlug sich mit beiden Händen auf die Waden, zog sein Handy aus der Tasche. ›Sorry wg vorhin. Hoff, du nimmst es mir nicht übel. Ich nehm dir nix übel. Bist ein Süßer.‹ Sein Kopf drohte zu explodieren. Er löschte die Nachricht. Er würde den Scheiß sein lassen. Auch Bilinski. Er wollte doch einfach nur … Er schluckte. Steckte das Handy ein, ging zu den beiden Mädchen. Sie klarmachen. Die lechzten doch richtig danach. Die Schnitten klarmachen, und alles würde gut …

8

Heiß war es in der Straßenbahn. Und dieser Schweißgestank. Sie bekam keine Luft. Saß ganz hinten. Hielt ihre Tasche fest. Mit beiden Händen. Sie waren ganz rot. Ihre Schläfen pochten. Sie durfte nur nicht aufblicken! Er stand dort vorne, bei der mittleren Tür. War gerade eingestiegen. Sie hatte ihn erkannt. Seine schweren Stiefel. Seine Army-Hose. Seinen Kopf. Er hatte wieder Haare. Seine blonden Haare! Er bemerkte sie jetzt. Sah zu ihr herüber. Sie spürte es. Ihr Gesicht wurde taub. Ein Pfeifen in den Ohren. Langsame Schritte. Die Augen schließen! Er würde sie schlagen. Er sollte sie schlagen! Sie verdiente es! Ihn bloß nicht ansehen! Seinen kalten Blick. Seine schweren Schritte! Sie nicht mehr hören! Seine schweren Stiefel. Spätnachts am Flur. Doc Marten's. Hatte er wollen, unbedingt, Francescos Stiefel, warum auch nicht? Francescos Grab. Warum war sie überhaupt hin? Die Straßenbahn ruckelte. Die Türen gingen auf. Luft strömte rein. Das Klappern des Trittbetts. Keine Schritte, kein Pfeifen mehr. Stille.

Sie blinzelte. Er war verschwunden, Gott sei Dank, war ausgestiegen! Die Türen gingen zu, sie drehte den Kopf. Dort draußen am Gehsteig, da stand er jetzt. Telefonierte, rauchte. Ein junger Bursch. Sechzehn vielleicht. Sie lachte auf. Sechzehn! Sie war so dumm! Als wäre Norbert nicht älter geworden. War es nicht gut, älter zu werden? Ein alter Mann, der Herr Ludwig … Vielleicht mochte er sie wirklich. Vielleicht würden sie gemeinsam …

Zuhause fütterte sie den Kater. Aß einen Salat, räumte auf. Saugte, wischte, putzte, spülte, wusch, bis alles glänzte. Saß danach erschöpft auf der Couch. Zappte sich durch die Fernsehkanäle. Traumhochzeiten, Auswanderer, Problemkids und Terror. Sie nahm ein Bad, zehn Minuten, dann stieg sie wieder aus der Wanne. Stand im Flur, den Kater im Arm, kraulte seinen Nacken, bis er sich wand, ließ ihn hinunter, er tapste zu Norberts Tür. Sie ging ihm nach, mit leisen Schritten, drückte vorsichtig die Klinke. Der Kater schlängelte sich durch den Türspalt, miaute, sie folgte ihm. Knipste das Licht an, der Kater am Fensterbrett, setzte sich, schaute nach draußen. Im Zimmer gab es nichts zu sehen, nichts von Interesse. Norberts Bett war seit langem leer. Auch der Kater schlief nicht mehr drin. Zu ihm war Norbert lieb gewesen bis zum Schluss, sogar dann noch, als Bernhard aufgetaucht war, die beiden dieses Plakat aufhängten: drei Wehrmachtssoldaten, schwer bewaffnet, staubige Straße, Häuserkampf. Sie sah Norbert stumm am Boden sitzen, sein Kopf war kahl geschoren, sein Blick erkaltet, sie redete, redete, zum x-ten Mal, war müde. Er solle doch irgendetwas machen. Eine Lehrstelle suchen, zur Schule gehen, wenigstens zum AMS. Doch er saß nur da, sagte nichts, starrte vor sich hin. Fast reglos, nur seine Hände bewegten sich, streichelten den Kater in seinem Schoß, das Schnurren wurde immer lauter, sie musste Tränen unterdrücken, redete weiter, Norbert packte den Kater, gab ihn weg, richtete sich auf, kam auf sie zu. Seine Augen funkelten. Da war sie hinausgegangen, stand schwindlig im Flur. Wenn sie jetzt umkippte, würde Norbert etwas unternehmen? – Nicht seine Aufgabe. Francesco müsste sich um sie kümmern … Er würde etwas Kluges erwidern, wenn

Norbert von Islamisierung, Volksverrätern, den Heldentaten der Wehrmacht redete. Sich nicht beeindrucken lassen. Norbert wieder auf den Weg bringen. Ihn nicht aufgeben. Aber so ein Leben war halt nichts für einen Menschen seines Schlags. Er war Künstler. Konnte auch nicht aus seiner Haut. Ob sie denn glaube, dass er für immer in einer engen Genossenschaftswohnung hausen wolle? In einer potthässlichen Betonburg am Stadtrand?

Sie öffnete eine Lade des Kleiderschranks, vollgestopft mit Boxershorts. Sponge Bob, Simpsons, Star Wars. Norbert hatte sie nicht tragen wollen. Schauten peinlich aus, könne sie behalten. Tamara legte die Shorts auf das Bett, setzte sich, begann sie zusammenzufalten. Auch Francesco hatte etwas dagelassen. Seine Gitarre. Die, auf der er ihr vorgespielt hatte, als sie verliebt auf der Couch gelegen waren. Vor Norberts Geburt. Die brauche er nicht mehr, hatte er gesagt. Sei alt, klinge schrottig. Er selber wäre ja viel zu feige gewesen, von sich aus zu gehen. Zu bequem, zu pleite. Im Grunde war er erleichtert, als sie ihn rausgeworfen hatte.

Am Anfang hatte er trotz allem gezahlt. Ansonsten – keine Geschenke, keine Besuche, nicht einmal Anrufe, Ansichtskarten. Bis Norbert fünf Jahre alt war. Dann kam auch das Geld nicht mehr. Stattdessen ein Brief aus Indien. Sie hatte jedes Wort noch im Kopf, so oft hatte sie ihn gelesen. So viel Gelaber, bloß weil er nicht die Eier hatte zu schreiben: Ihr könnt mich mal. Stattdessen: Er müsse radikal sein. Die Bedeutung von Geld werde in Europa überschätzt. Weshalb er dem Kind auf einer höheren Ebene beistehen wolle. Dazu sei es nicht nötig, einander zu sehen. Das Kind werde von seinen Gedanken mehr profitieren als von Plastikspielzeug oder Nachmittagen im Zoo. Und zum Schluss: ›Vielleicht wirst auch du irgendwann aufwachen und dich gegen das System wehren. Ich hoffe es für dich und das Kind.‹ Das Kind. So hatte er Norbert im Brief bezeichnet.

›Besser als dieser Vater ist ein toter Vater‹, hatte Tamaras Mutter damals gemeint. Und hatte sie nicht recht gehabt?

Tamara legte die gefalteten Boxershorts wieder in die Lade. Betrachtete die Kuhle auf dem Bett. Die drei Wehrmachtssoldaten. Der Kater sah sie vom Fensterbrett aus an. Fünf Jahre! Fünf Jahre war Norbert jetzt weg. Weil sie ihn verjagt hatte, wie Francesco. Und dieses widerliche Bild? Hing immer noch in seinem Zimmer. Sie hatte es nicht weggeschmissen. Nicht einmal dazu war sie gut.

9

Da lagen sie jetzt vor ihm im Bett, die zwei Mädchen, halbnackt und geil. Studentinnen, das Zimmer vollgestopft mit Büchern. War ja klar gewesen, dass sie ihn abschleppen wollten. Erst einen Ofen rauchen, dann sich durchpflügen lassen, er hatte sie scharfgemacht. Und ihre Hände, wirklich nicht schlecht, von links und von rechts, auf seinen Knien, seinen Schenkeln, unten am Kanal tutete der Twin City Liner. Sie hatten nichts gefragt, nichts wissen wollen, nicht mal seinen Namen. Hatten einfach nur rumgealbert, Blödsinn geredet, Lachanfälle, ganz ohne Grund, es war so normal, so stresslos gewesen. Bald ihre Hände auf seiner Brust, dann ihre Zähne an seinen Ohren, endlich ihre Zungen in seinem Mund, mal links, mal rechts, das Lachen war nachgeklungen im Schmatzen und Seufzen, das Okay! von seinem Schwanz, die Wohnung der beiden nicht weit entfernt.

Und da lagen sie jetzt vor ihm am Bett, starrten ihn an. Fast wie gestern die Figuren im Stadtpark, bloß, den beiden war sein Tattoo völlig egal. Warum sagten diese Schicksen nie was dazu? Müssten doch wissen, was das hieß. Waren doch so gebildet.

»Kann schon mal passieren.«

»Vielleicht wegen dem Ofen.«

Sie prusteten drauflos, kriegten sich nicht mehr ein, wandten sich am Bett. Verdammte Scheiße, ihre Körper so heiß, so jung und weich. Fuck! Fuck! Fuck! Jetzt die Faust in die Wand rammen. Da! Die Schramme von früher, zum Kotzen, den Kerl hätte er richtig weichprügeln sollen, ihm alle Knochen brechen, seinen Schwanz abreißen. Und wenn er es ihnen einfach sagen würde? ›Aufgepasst Mädels, das steht für Heil Hitler!‹ Ihr Schock, ihre Angst, vielleicht ginge es dann? ›Haha, da steht gar nichts!‹ Vollidiot! Er sollte das Maul halten, einfach das Maul halten, sich eine aufs Maul hauen, den Kopf gegen die Wand. Nicht mehr blöd rumstehen, seine Sachen zusammenklauben, anziehen, einen Abgang machen. Ein letzter Blick aufs Bett zu den Mädchen, sie waren eingedöst, was für Pussys. Die hätten ihn gar nicht gepackt. Den Auftrag kann ruhig irgendein Hornbrillenaffe übernehmen … Messerklingen in seinem Schädel. Sirenen in seinen Ohren. Fuck, du Versager! Verschwinde! Zisch ab! Flitz raus auf die Straße, rein in die Bim, raus der der Kerkerstadt, rein in den Wald. Ab in die bella, bella natura!

Drei Enten watschelten dort quer übern Weg. Quak, quak, waren's zufrieden, rührende Sache: Kinder mit Mutti, die kannten keinen Jäger, die kannten nur Mutti, und Mutti war spitze. Die würde bambini niemals verlassen, die würde bambini vorm Jäger beschützen, sich abknallen lassen vom Schießgewehr, bumm, bumm, buhu, quak, quak. Landser hätt Bimbo auch nie verlassen, hat's gar nicht erst so weit kommen lassen, weil er war ein Blödmann und Loser und Mutti. Tapp, tapp, große Stampfer und Enten hauten ab. Mutti ging da null Risiko ein. Und recht hatte sie, klug war sie, gute Mutti. Auf kleine Scheißer lauerte immer der Tod.

Ein Knüppelstock am Boden, aufheben, feste mit Fingern umklammern. Bis Nägel ganz weiß waren, ach, sie waren ganz abgeknabbert. Am liebsten hätt er sich ganz weggefressen. Der Knüppelstock zischte pfeilschnell durch die Luft, prack!, hart auf Arsch, blöder Käfer, getroffen, im Sturzflug zu Boden, selber schuld. Was musste er gerade hier rumflitzen? Im Einschussbereich von der Sonne, der Schlampe, der alten, kalten Hure. Ach Quatsch! Was redete er da? Die Sonne war gut, die Sonne war wichtig, die Sonne war Leben, Mutti und Papa zusammen. Er wollte es glauben, sich redlich bemühen.

Halt! Stehen geblieben! Knapp war das! Eine Schnecke am Boden, mit Schleim angetackert, verkroch sich in casa – knapp war das! Brutalo am Rad hätte Schnecke ganz schnell knack, knack gemacht. Landser, hm, wollte mal nicht so arschig sein. Griff mit zwei Fingern nach casa samt Schnecke, schleuderte das Ding subito ins Farngewühl, weil dort war es sicher und lauschig und finster. Wenn die Schnecke sich bloß nicht ärgerte jetzt, weil die Schnecke hätt eigentlich einen Abgang machen wollen. Egal. Pech gehabt. Er war halt schon ein ganz braver Bub, richtig carino mit Haaren am Wichskopf.

»Wäh!« Das kotzte ihn an. »Wäh!« Schnell rein ins Gelände, wo Luft picobello, wo nichts stank nach Scheiße und Pisse und Klofrau, die immer blöd grinste und glaubte, er leckte Eier. Der sollte er's zeigen! Der würde er's zeigen! ›Häha‹, machte sie wieder, die Fresse weit offen, damit ja jeder ihre Stummelzähne sah. Aber jetzt! Jetzt hatte er einen Knüppelstock! Jetzt wurde zurückgeschlagen! Weit ausholen, durchzischen, draufhauen, prack! Hautfetzen rissen wie Baumrinde ab. Knüppelstock brach, egal, gleich nachlegen, nochmal eine in die Fresse gestampft. Grinste immer noch, wollte nichts kapieren. Suchblick auf rundum, neuer Stock, dicker, fester, umklammern mit Blutklauen,

Blutklauen, Blutklauen! Jawohl, das sollten sie sein! Noch weiter ausholen, Blätter zittern hören, Vögel kreischten wie irre vor Schiss. Bam! Bam! Bam! Feste drauf, alte Schlampe! Ja! Bene! Bene! Hörst auf zu grinsen? Weiter, viel weiter musste er ausholen heute, forza Landser! Mit ganzer Pracht! Zahnlose Fresse, war fällig zu bluten! Stockschwert haute rein, tiefe Kerben, tat gut! Harzgedöns drang in den Nasenkanal, tief einsaugen, ausspucken, reinstechen ins offene Fleisch … reinstechen … reinstechen … drin wühlen, bis … bis … ruhig … ruhig … grinste eh nicht mehr, stank nicht mehr, guter Stock, saubere Arbeit, war entlassen, war Goldes wert …

Scheißdreck! Maul halten! Hörte er nicht das Gelächter durch Baumsoldaten dringen? Feinde am Waldasphalt, bestimmt Zivilisten. Blickte Papaarsch durch bis zum bösen Bub? Musste Schatzi und Fratzi vor Unheil bewahren, würde herzischen, gleich, ihm flott eine knallen. Also einpacken, Rückzug, tiefer ins Gelände. Steilaufwärts in lahmarschigen Tretern marschieren, durch schwarz-braunen Nebel, stocklos, ziellos. Offene Rechnungen sein Marschgepäck. Konnte er überhaupt so viele dreschen? Jetzt hügelabwärts, holperdipolter, Hüttenruine, zerbrochenes Glas. Zerrissene Kleider, ausrutschen, hinfallen, Knie aufschlagen, dreckige Wunden. Auweia! Auweia! Scheiß Mutti! Scheiß Papa! Wo war der andere Scheiß geblieben? Eine ragazza, schlank und klug, mit der über Felder rennen, weitab vom Dreschen … Ihr Körper so irre im Sommerkleid … von den Titten runter zum Butterschoß … ihre Finger so lieb, ließen Mutti vergessen … im Wiesenseufzen Mutti vergeben, fast mögen, verzeihen, weil ragazza war lieb und nicht böse, ragazza blieb da … streichelte ihn ganz runter bis zum Tattoo …

Kratz es weg! War immer noch da, nur ragazza war weg und Bimbo am Mistplatz, weil Landser nichts taugte, schon gar nicht zum Papa.

Mücken stachen wie blöde im Rinnsal, plitsch, plitsch, patsch, patsch, ach Mutti, der haut mich! Der haut mich so feste! Er musste weiter, müde durch Schlamm. Weil niemals ergeben, wenn die Beine so schwer, Granaten einschlagen, Glieder zerfetzen, Köpfe zermatschen, Enten zerfleddern, Splitter zerschneiden, Katzen werden gefressen und Frauen gebumst. Gruben schaufeln, Körper stapeln, Bomben fallen, Blut fließen sehen. Bis Mutti weinen würde, Papa kommen müsste, ihn rausholen aus Wald voller Feindessoldaten … aus Hölle, aus Strafe, aus Haue … Haue … Haue …

10

Der Einbeinige war allein zuhause, wie so oft. Saß in der Küche, Notebook und Moleskine am Schoß, starrte zum Balkon gegenüber. Dort passierte nichts. Alles ruhig. Norbert war wahrscheinlich in irgendeiner fremden Wohnung, sein dreckiges Geld verdienen. Sollte er doch, was ging es ihn an? Er hatte selbst zu tun. Einen Artikel schreiben für den *Augustin*. In wenigen Tagen war Deadline. Thema: Zwangsdelogierungen wegen Haussanierungen. In den letzten beiden Wochen hatte er endlose Gespräche geführt, mit alten Witwen, mit Flüchtlingen, mit Punks, allesamt im Visier von Immobilienspekulanten und Polizei. Hatte sich in halb verfallenen Zinshäusern aufgehalten, die, auf Hochglanz poliert, darauf warteten, Bobos übergeben zu werden, die sich nicht zu schade waren, horrende Mieten zu zahlen. Aber er war nie ganz bei der Sache gewesen. War es auch jetzt nicht. Mit den Notizen in seinem Moleskine konnte er nichts anfangen. Der Cursor am Bildschirm blinkte einsam vor sich hin.

Er klappte das Notebook zu. Vielleicht einen Spaziergang machen? Zu mühsam heute, Phantomschmerzen. Es kam nicht mehr oft vor, dass sein rechtes Bein brannte, eigentlich längst amputiert und verrottet. Früher, ja, in den ersten Jahren nach dem Unfall, immer dann, wenn er sich hilflos fühlte, ausgeliefert, opfermäßig, wie er es nannte. Situationen, in denen er sich in seinem alten Leben einen Schuss gesetzt hätte, wenigstens eine Flasche Vodka gekippt.

Er ging in sein Zimmer. Etwas ordnen. Hatte ihm mal ein Arzt geraten, wenn ihm alles über den Kopf wachsen würde. Wenn sein totes Bein brannte: ›Ordnen Sie, Robert, schaffen Sie irgendwo Ordnung! Und wenn es nur Ihre Socken sind, sortieren Sie sie nach irgendeinem Muster!‹ Aber was sollte ihm über den Kopf wachsen? Er öffnete seinen Schrank. Griff nach einem Stapel Hemden. Darunter drei LPs, der traurige Rest einer einst stolzen Sammlung. Obwohl er längst keinen Plattenspieler mehr hatte. Verschleudert für das Heroin einer Nacht, vielleicht waren es auch zwei. Stundenlang heulend vor seinem leeren Plattenregal gekauert.

Er legte die Hemden zurück in den Kasten. Setzte sich mit den LPs auf sein Bett. Das war ihm von seiner exzessiven Jugend geblieben: David Bowie: *Ziggy Stardust.* Wolfgang Ambros: *Hoffnungslos.* Frank Sunday: *Norm und Gefühle* – lange Zeit seine Lieblingsplatte. Auf dem Cover ein kantiges Gesicht. Zigarette im Mundwinkel. Melancholische Augen. Frank Sunday war sein Jahrgang, gleicher Lebensstil, zumindest in den Achtzigern. Vor vier Jahren hatte er für den *Augustin* einen Nachruf auf ihn verfasst. Er schluckte. Klopfte mit dem Prothesenende auf den Boden. Legte sich hin, die beiden anderen Platten zur Seite. Hielt die Hülle von *Norm und Gefühle* in seinen emporgestreckten Händen. Betrachtete das Gesicht Frank Sundays. Dessen melancholische Augen. So vertraut. Zu vertraut. Er begann zu summen. Den Opener des Albums. Die Vertonung eines Gedichts. Albert Ehrenstein, genau, im New-Wave-Sound. Jedes Wort war wieder da. Frank Sundays Stimme. Schleuderte wieder Rasierklingen. Während der Einbeinige die Platte sinken ließ. Wegdöste. *Wien, du alte*

kalte Hure! Ich kauerte an deines Grabes Mauer, da du noch locktest, ein mürbes Goderl dieser Welt …
»Geht's scheißen! Geht's alle zusammen scheißen!«

Es war im vergangenen Herbst. Abendliche Rushhour in der U-Bahnstation am Westbahnhof. Hunderte, die kreuz und quer von Rolltreppe zu Rolltreppe am Einbeinigen vorbeieilten.

»Ihr verdammten Wichser! Ich breche euch alle Knochen! Francesco! Francesco!«

Eine lallende Stimme lag über dem Gewusel in der Passage. Immer deutlicher zu vernehmen, seit er die U-Bahn verlassen hatte. Der übliche Großstadtsound. Nichts Besonderes. Drüben bei den Ticketautomaten hatte sich eine Traube junger Leute versammelt. Sein Weg führte an ihr vorbei, das Fluchen wurde lauter. Auch andere Stimmen waren jetzt zu hören. Gelächter.

»Ihr seid alle auf meiner Liste! Francesco, merk dir die Arschlöcher!«

Er blieb stehen. Manche hatten ihre Smartphones in der Hand, einer hielt sogar ein Tablet von sich gestreckt, als filmte er etwas. Ein Kunstprojekt? Der Einbeinige näherte sich. Blickte über die Schultern der Gaffenden. Der Bursche war an die zwanzig Jahre alt, kroch am Boden. In löchrigen Jeans, Docs ohne Schnürsenkel, einem T-Shirt voller Flecken, einem Parka voller Brandlöcher. Daneben ein vollgestopfter Armee-Rucksack. Wenn das ein Kunstprojekt war, dann ein ziemlich radikales; der Typ war sternhageldicht, das konnte man nicht spielen.

»Francesco! Schnapp sie dir! Komm! Los! Jag sie weg!« Er zog eine Zigarette aus der Innentasche seines Parkas, steckte sie sich umständlich in den Mund. Das Feuerzeug fiel ihm aus der Hand. Mit beiden Händen tastete er den Boden ab. Vergebens. Abermals brandete Lachen auf. Zum letzten Mal. Der Einbeinige machte den Spaßverderber.

»Was hast du denen eigentlich gesagt?«

Am nächsten Morgen konnte sich Norbert an nicht mehr viel erinnern. Dass er Zuschauer gehabt hatte, wusste er noch.

»Dass sie scheißen gehen sollen.«

Das war natürlich nicht alles gewesen. Doch der Einbeinige wollte auf seine Heldentat nicht näher eingehen. Ob sie richtig gewesen war? Er hatte von seinen Stiefvätern geträumt, in SS-Uniformen hatten sie einen Kreis um ihn gebildet, einander seine Prothese zugeworfen, während er am Boden gekrochen war.

»Das Ding da auf deinem Bauch …«

»Was ist damit?«

»Macht dich nicht gerade sympathisch.«

Wieder eine Untertreibung, es war ein Schlag in die Magengrube gewesen. Als er Norbert in seine Wohnung manövriert und ausgezogen hatte, um ihn unter die Dusche zu stellen. Dieses erbärmliche Bürschchen.

»Hast du nie was gemacht, damit deine Alte explodiert?«

»Das war alles?«

»Was alles?«

»Du hast dir das stechen lassen, um deiner Mutter eins reinzuwürgen?«

»Ganz genau.«

»Sei ehrlich: Bist du ein Nazi?«

»Du bist anstrengend! Ich komm ja auch nicht zu dir und sag: ›Guten Morgen! Wo ist denn dein anderes Bein geblieben?‹«

»Ich würde es dir sagen.«

»Wo denn?«

»Am Lerchenfelder Gürtel. In dieser einen Nacht aber ein Feld voller Feigenbäume.«

»Na dann. Aber ich check nicht, wie du auf Nazi kommst. Das Ding hätte ein Schmetterling werden sollen. Meine Mutter hat Schmetterlinge gehasst. Ist leider nie ganz fertig geworden, mir ist die Kohle ausgegangen.«

»Bist ein kleiner Witzbold, was? Pennst deswegen am Westbahnhof? Weil es dort so witzig ist?«

»Gar nicht. Keine Ahnung, was mich dorthin verschlagen hat. Ziemlich schlechte Vibes. Aber immer noch besser, als ich leg mich in irgendein Loch zu alten furzenden Knackern. Das kann ungut sein. Darf ich hier rauchen?«

»Siehst ja den Aschenbecher.«

»Sorry, der Herr, dachte, es gehört sich so, dass man fragt.«

»Bei der SS bestimmt.«

»Du bist ja richtig besessen!«

»Will nur wissen, wer in meinem Bett schläft.«

»Na Moment! Ich hab auf der Couch geschlafen. Will mich nicht beschweren, aber schön bei den Fakten bleiben! Übrigens, danke! Ist ja nicht so, dass es im Freien der Brüller ist. Kann schon arschkalt sein jetzt. Aber ich fahr eh bald weg.«

»Wohin denn?«

»Italien.«

»Bist öfters dort?«

»Noch nie. Aber ich nehme es mir jeden Herbst vor. Heißt doch so: Man muss sich Ziele setzen.«

»Was willst denn in Italien machen? Francesco suchen?«

»Fuck, wie kommst du auf … diesen Namen?«

»Den hast du gestern die ganze Zeit gebrüllt. Auch noch in der Straßenbahn. Aber das war auch schon egal. Wer ist denn das?«

»Du bist echt neugierig!«

»Du trinkst meinen Kaffee.«

»Du hast mich hergeschleppt.«

»Der Punkt geht an dich. Und, hast ja recht, es geht mich nichts an …«

»Schon gut, mach kein Drama! Francesco, ja, so hat mein Vater geheißen. Keine Ahnung, warum ich von dem gestern … War ein Arschloch. Ist aber eh schon lange hinüber. Da war ich vier oder fünf, kann mich kaum an ihn erinnern.«

»Das tut mir leid.«

»Muss es nicht. Wie gesagt, war ein Arschloch. Zu sterben war das einzig Richtige, was er hat machen können. Aber lassen wir das. Ich werde mich dann mal langsam vom Acker machen. Bin dir eh schon genug auf die Nerven gegangen.«

»Kannst ruhig noch hierbleiben.«

»Bist du schwul, oder was?«

Der Einbeinige schlug die Augen auf. Ein dunkelblauer Schleier hing über ihm. Lange Schatten an den Wänden. Fliegensummen. Dumpf klingende Musik. … *in meinem Bett, die Braut* … Es war Abend geworden. Kalt. Er wischte sich den Sabber von den Mundwinkeln. Tastete nach der Decke. Zog an ihr, zwecklos, er lag ja drauf. Sein Kleiderschrank offen. Aber die Zimmertür war zu. Kam ihm nicht richtig vor. Was war dahinter? … *die Gespenster* … Er drehte sich zur Seite. Winkelte die Beine an. Sein Atem war flach. Kein Geräusch machen. Lauschen. Der Musik hinter der Tür. Die LP neben ihm. Der melancholische Blick. Weiße Flecken im Finstern, wie in einer Geisterbahn. *Norm und Gefühle.* Rasierklingen. … *Der Mann von La Mancha onaniert in meinem Bett* … Es klopfte. Das Bett schien zu beben. Ein Knarzen. Die Musik zu laut. New-Wave-Sound. Intravenös. Nadelstiche am U-Bahn-Klo. … *Die Braut von Korinth onaniert vor meinem Fenster* … Er setzte sich ruckartig auf. Die Silhouette eines Körpers in der offenen Tür … *Und ich beglücke die Gespenster!* …

»Schalt das Licht ein, verdammt! Mach endlich Licht! Und leiser! Dreh die Musik leiser! Was ist das überhaupt!?«

Er blähte die Wangen, pustete aus. Alles gut. Alles klar. Er war kein Opfer mehr.

»Sorry, wollte dich nicht wecken. War grad ein cooler Song im Radio.«

Radio. Alles gut. Alles klar. Es war Norberts Stimme, Norberts Körper. Licht an, Musik aus … Gespenstisch. Der Einbeinige wollte was sagen. Aber sein Mund. Er griff nach der Platte. Schob sie unter die Decke. Es ließ sich nicht leugnen. Dort in der Tür. Diese Augen. Frank Sunday sah ihn an.

11

Sie konnte sich nicht entscheiden. Zog sich immer wieder um. Hatte sogar überlegt, etwas Neues zu kaufen. Vielleicht wieder mal ein Kleid. Das weiß gepunktete blaue etwa, das sie unlängst auf der Mariahilfer Straße gesehen hatte. Ihr Strohhut dazu, die Sandalen, das hätte ganz nett ausgesehen. Sogar an ihr. Wie sie an einem Meeresstrand entlangging, die Sandalen auszog und in den Sand warf. Neben ihr lief ein kleiner Hund, bei jedem Windstoß hielt sie den Hut an der Krempe fest, der Hund bellte, sie lachte, drehte sich im Kreis, bis ihr schwindlig wurde. Träume! In Wahrheit war es doch so: Was ihr gefiel, war zu teuer, zu eng. Die Peinlichkeit konnte sie sich ersparen. Und außerdem. Die falschen Erwartungen! Die Enttäuschung wäre umso größer. Das Bett frisch überziehen, den Boden wischen, die Fenster putzen – all das stand früher oder später ohnedies an. Aber ein Kleid kaufen bloß für ein Treffen? Wer weiß, ob sie es je wieder brauchen würde? Das wäre schlicht dumm gewesen. Also blieb sie bei Jeans und Bluse, beides in Schwarz. Das war ihre Farbe. Brachte ihr blondes Haar so schön zur Geltung. Wer hatte ihr das noch gesagt? Irgend so ein alter Mann wahrscheinlich, halb blind und nicht ernst zu nehmen.

In der Straßenbahn begann sie natürlich zu schwitzen. Herr Ludwig kannte sie von der Arbeit her, ihm würde es vielleicht gar nichts ausmachen. Er müsste es gar nicht bemerken. Wenig später in der U-Bahn, die Bluse klebte an ihrem Rücken. Vielleicht würde es ihm wirklich nichts ausmachen. Aber ihr! Ihr sollte es etwas ausmachen! Sie sollte sich schämen. Dem ersten Mann, der sie nach Jahren wieder einlud, so nachlässig gegenüberzutreten. Was ihre Mutter wohl dazu sagen würde? Nicht mal ein neues Kleid! Als ob sie sich das erlauben könnte! Sie war nicht Madonna! Und so schön war ihr Haar längst nicht mehr! Die grauen Strähnen kaum zu übersehen. Wenn sie es wenigstens färben würde! Aber auch dafür zu blöd! Kein Wunder, dass sie alleine war! Alleine auch sterben würde!

Alte Hexe. Sie würde nichts erfahren. Wohin das Treffen mit Herrn Ludwig auch führte. Kein Wort zu ihrer Mutter! Dumm sterben lassen. Oder, am besten, irgendwann eine Ansichtskarte. Von den Malediven oder aus der Dominikanischen Republik. ›Schöne Grüße aus dem Paradies! Ich hoffe, deine Zäpfchen wirken!‹ Unterschrieben mit ›Tamara Bilinski‹. Bauchkribbeln. War das noch drin? Eine Romanze? Und wenn schon. Müsste ja nichts bedeuten. Könnte ebenso in einem Fiasko enden. Wie damals die Sache mit Rupert. Da hatte sie im Zeitschriftengeschäft erst begonnen. Er war ja nicht gerade ein Blickfang, zumindest nicht für sie. Viel zu muskulös, viel zu tätowiert, kaum mehr Haare am Kopf. Mit vierzig! Aber er hatte sie gewollt, unbedingt, hatte nicht lockergelassen. Sie hatte nachgegeben. Wollte sie denn übrig bleiben? Nach einer Woche war er bei ihr eingezogen. War geblieben. Bis er Norbert windelweich geprügelt hatte.

Sie wechselte die U-Bahn-Linie. Ob sie Herrn Ludwig von Norbert erzählen sollte? Sie hatte es sich vorgenommen, aber was würde er denken? Dass sie eine Rabenmutter war, ein Monster? Sie war kein Monster. Musste auch so leiden, richtig leiden. Tag für Tag, seit Norbert verschwunden war. Dass sie ihm nie auch nur zufällig begegnete, ihn sah, wenn auch von weitem. ›Die Stadt ist klein, aber ihre Keller sind tief.‹ – Einer von Francescos Sprüchen. War nicht genau das ihr Glück?

Am Stubentor stieg sie in letzter Sekunde aus. Hatte vergebens gehofft, es würde etwas passieren. Etwa ein Schwächeanfall von jemandem im Wagon. Sie wäre gezwungen gewesen zu helfen, das müsste man ja. Hätte Herrn Ludwig etwas zu erzählen gehabt. Peinliches Schweigen gleich zu Beginn vermieden. Der Bahnsteig war fast leer. Mit weichen Knien ging sie zu den Treppen.

Sie tauchte an die Oberfläche zwischen den Resten der alten Stadtmauer. Sonnenlicht. Leichter Wind. Prächtige Häuser. Wann war sie zuletzt hier gewesen? Mit Francesco ... Warum hatte sie sich nicht das Kleid gekauft! Nur für diesen Moment! Wenn die Leute italienisch reden würden, sie würde sich wie im Urlaub fühlen. Ein Eissalon, ein Café, ein Buchgeschäft. Kinder auf Skateboards und Rädern. Alte Damen auf Bänken. Sie saßen im Schatten der riesigen Platane und tratschten. Dahinter der Treffpunkt mit Herrn Ludwig, das Denkmal für Karl Lueger. ›Erbauer von Wien‹, das wusste sie noch aus der Schule. ›Ein widerlicher Antisemit!‹, hatte Francesco gesagt, ehe sie in die Innenstadt gegangen waren.

Es war zehn vor. Ein Deodorant bräuchte sie jetzt. Hatte sie keines mitgenommen? Sie kramte in ihrer Tasche. Natürlich nicht. Sie griff sich auf die Stirn. Dort drüben war ein kleiner Supermarkt. Sollte sie rasch ...? Nein, es wäre zu knapp. Und sie würde erst recht schwitzen, außer Atem sein, und es war doch nicht so schlimm! Sie war auch nur ein Mensch! Es war ein heißer Tag, und Herr Ludwig kannte sie von der Arbeit! Hatte sie ihn gezwungen, sich mit ihr zu treffen? Nein! Er wollte es! Er, der Mann mit den gepflegten Händen, der Zeitungsleser. Ein Mann von Welt. Was sollte sie ihm verheimlichen? Er war so gebildet. Hatte sie längst durchschaut. Und sie trotzdem eingeladen. Was für ein liebenswerter Mann! Er würde sie bestimmt verstehen. Die Sache mit Norbert. Alles würde sie ihm erzählen. War sie denn eine so schlechte Mutter gewesen? Nicht immer fair, nachdem Francesco … Sie sollte ruhig werden. Ja, ruhig. Herr Ludwig würde jeden Moment erscheinen. Ihr neues Leben beginnen.

12

»Na wunderbar, wunderbar! Kurz vor den Prüfungen! Das wird den Franz Bierheber wieder inspirieren! Alle Vorurteile über faule Berufsdemonstranten bestätigt!«

Gleichgültig betrachteten Sie den Protestzug auf der Ringstraße nahe der Universität. Tramgarnituren hatten sich aufgefädelt. Das empörte Hupen von Autofahrern übertönte die skandierten Parolen.

»Manchmal hab ich das Gefühl, die Studenten machen das extra, damit die Leserbriefschreiber erst richtig scharf gegen sie hetzen! Die politische Arena in diesem Land ist ein Kindergarten.«

Der beleibte Mann mit dem geröteten Gesicht, der sich ein paar Meter neben Ihnen echauffierte, hatte Sie natürlich längst erkannt. Daher seine Tirade. Josef Brandner, seit jeher geltungssüchtig. Und Sie? Versäumten das kurze Zeitfenster einer möglichen Flucht. Brandner streckte Ihnen die Hand entgegen. Kurz darauf saßen Sie im Schanigarten des Landtmann. Wenigstens mit reizvollem Blick zur Ringstraße, zum Burgtheater, zum Rathausplatz – theoretisch einer der erträglichsten Orte Wiens. Wenn man der Nähe zum Regierungsviertel wegen nicht zwangsläufig von den größten Idioten der Republik umgeben wäre.

Dabei hätten Sie sich diesem Ärgernis durchaus ohne Gesichtsverlust verweigern können: indem Sie einen Schwächeanfall vortäuschten; vorgaben, Brandner nicht zu kennen; oder ihm offenbarten, dass Sie ihn für einen Trottel hielten und keinen Wert auf seine Gesellschaft legten.

Sie hätten sich auch für die Wahrheit entscheiden können, dass Sie sich in knapp einer Stunde mit einer Frau treffen würden, die verbleibende Zeit bis dahin im Volksgarten verbringen wollten, alleine. All das hätte jedoch eine noch größere Mühsal bedeutet, als sich Brandner für einen belanglosen Plausch auszuliefern. Sie waren keineswegs konfliktscheu, vielmehr nachgiebig. Und war es darüber hinaus nicht klug, sich in der letzten Woche Ihres alten Lebens einem Menschen wie Brandner, nicht unbedeutend in Ihrer Biografie, zumindest für ein halbes Stündchen zu widmen? Würde es nicht Ihre Entschlossenheit stärken? Letzte Zweifel verscheuchen?

Aber woher denn! Sie kannten keine Zweifel. Dessen waren Sie sich an diesem Tag sicher. Und Brandner? Ermüdete Sie nach wenigen Minuten. So sehr, dass Sie sich dazu verleiten ließen, sich schwärmerisch vorzustellen, seine Wohnung läge in unmittelbarer Nähe eines Ihrer Anschlagsziele. Deutlich fühlten Sie eine fiebrige Röte im Gesicht. Dem egozentrischen Brandner blieb dies verborgen, wie er auch nichts von Ihrer generellen Anspannung mitbekam. Er war ein so unsensibler Mensch. Palaverte von innenpolitischem Kleinkram, während Ihnen das Rendezvous mit Frau Tamara bevorstand!

Dessen Ablauf hatten Sie penibel festgelegt: Sie würden einander am Stubentor begegnen, beim Denkmal für Karl Lueger. Ein Kompliment Ihrerseits über Frau Tamaras Frisur sowie zwei, drei Worte über das hochsommerliche Wetter würden das Eis brechen. Mit souveräner Geste würden Sie ihr den Arm zum Einhängen offerieren, sie hierauf über die Wollzeile stadteinwärts führen. Währenddessen würden Sie anekdotenreich und leichtfüßig, allerdings stets darauf bedacht, nicht in die Rolle des Poseurs abzugleiten, die städtebauliche Entwicklung des Viertels skizzieren. Frau Tamara würde an Ihren Lippen hängen, sich von Ihrem Wissen beeindruckt zeigen und gewiss Ihre Abneigung gegen architektonisch misslungene Dachgeschoßausbauten teilen. Wie könnte sie nicht? Am Ende der Wollzeile angelangt, beim Denkmal für Gutenberg, würden Sie ihr erstmals für einen längeren Moment in die Augen blicken und gestehen, wie sehr Sie diesen Tag herbeigesehnt hätten. Frau Tamara würde zweifellos erwidern, es sei ihr ganz ähnlich ergangen. Sie würden einander ein Lächeln schenken, wobei Ihres ob der Wangenröte Frau Tamaras verständnisvoll und gütig wäre; daraufhin würden Sie die letzten Meter bis zum Eissalon wortlos zurücklegen, getragen von kitzelnder Vorfreude, erfüllt von heißem Begehren. Sie würden einkehren, bestellen, und sobald Sie Ihren Eiskaffee bekommen hätten, würden Sie die zukünftige Dame Ihres Herzens dazu animieren, von sich zu erzählen, offen und ungeschminkt; vom harten Leben einer Wiener Arbeiterin. Dies schien Ihnen die effektivste Methode, Frau Tamaras Zuneigung nachhaltig zu gewinnen: indem Sie ihr das Gefühl gaben, von Bedeutung zu sein. Dann erst könnten Sie von sich erzählen, wäre es überhaupt denkbar, Ihr Geheimnis zu lüften.

»… oder wie siehst du das, Ludwig? Sag, hörst du mir eigentlich zu?«

Knittrig geschwollene Augen fixierten Sie. Brandner trank eindeutig über die Maßen. Einen Spritzer am frühen Nachmittag. Das halbe Glas hatte er bereits geleert, sodass sein ohnedies nicht apartes Gesicht von violetten Flecken infiltriert wurde. Was für ein grässlicher Anblick! Was für ein undisziplinierter Mensch!

»Entschuldige«, säuselten Sie, »wo waren wir?«

»Beim Bierheber! Ich rede von Franz Bierheber! Davon, dass seine Leserbriefe immer rabiater werden. Ganz ehrlich, der Mann muss einen ordentlichen Hau haben. Aber trotzdem ist er nicht ungefährlich. Und die ganze Republik kuscht vor ihm!«

Das schmeichelte Ihnen, bei aller Bescheidenheit. Sie ließen sich natürlich nichts anmerken. Setzten einen konzilianten Gesichtsausdruck auf, schoben sich den zum Kaffee servierten Keks in den Mund. An Ihrem Urteil über Brandner konnten derart hellsichtige Aussagen allerdings nichts ändern; wie die meisten Ihrer früheren Kollegen aus der Publizistik verabscheuten Sie ihn zutiefst. Nicht umsonst hatten Sie diesbezüglich fast jeden Kontakt abgebrochen. Lediglich Brandner torkelte Ihnen mitunter noch über den Weg, ohne Sie zu ignorieren. War wahrscheinlich ein einsamer Mensch, verbittert und frustriert, den Sprung nach Deutschland oder in die angelsächsische Zeitungswelt hatte er schließlich nie geschafft. Aber was ging es Sie an?

»Manchmal denke ich mir«, murrte Brandner, »so ein einziger Bierheber ist schlimmer als der *Stürmer.* Das kann man halt nicht schreiben. Aber denken tu ich es.«

Sie zündeten sich einen Zigarillo an. Voller Genugtuung darüber, dass Brandner eine Schnute zog. In seinen Glossen und Kolumnen machte er aus seiner Abscheu Rauchern gegenüber keinen Hehl. Widmete sich der Agitation gegen diese oft über Wochen mit krankhafter Verve. Wie konnte man von einem Thema bloß so besessen sein? Andererseits, war es nicht beruhigend? War Brandner nicht Teil jenes Wien, das Sie liebten, einer Stadt, auf die Verlass war? Die meisten der Gäste des Landtmann, Touristen ausgenommen, ob Großschriftsteller oder Sektionschef, ob Zeitungsredakteur oder Langzeitstudent, teilten Brandners Sichtweise. Sie hielten sich selbst jeweils für den einzig Hellsichtigen der Republik. Trugen ihr heroisches Leiden wie eine Monstranz vor sich her. Wurden dennoch sentimental, sobald die Sonne die Bauten rund ums Landtmann leuchten ließ wie zu Kaisers Zeiten. Hatten Schnitzler, Freud und Klimt nicht dasselbe Bild vor Augen? Dasselbe Licht, dieselben Fassaden? Hob nicht allein diese Gemeinsamkeit jeden der Hellsichtigen in den Rang der Altvorderen?

Ach, wie gut Ihnen der Zigarillo schmeckte. Brandner, der mittlerweile über die Unterschicht herzog, sein zweites Leib- und Magenthema, rührte sie. Gehörte er nicht zu Ihnen, wie Norbert Bauer, wie Frau Tamara, wie diese Kulisse? Der Rathausplatz war voller Bauernstände. Vorm Burgtheater ließen sich Touristen ablichten. Der Geruch von Pferdeäpfeln lag in der Luft. Und über den mittlerweile gesperrten Ring zogen Studenten, gekleidet, als wären sie am Weg zum Maoisten-Kongress von 1971. Neben- und hinterher schlurften Polizisten, ausgerüstet, als stünden sie vor der Eroberung Bagdads. Eigentlich ein schöner Anblick. Eine autofreie Ringstraße. Vielleicht wäre es wert, diese Forderung in Bierhebers Pamphlet aufzunehmen? Ach, wie gerne würden Sie Brandner reinen Wein einschenken, die Wahrheit über den vermaledeiten Leserbriefkönig verkünden. Das wäre ein Spaß, fast wert, den großen Paukenschlag am Sonntag ad acta zu legen! Sein dummes Gesicht. Er würde nach Worten ringen. Sie dann als Renegat beschimpfen. Renegat! Renegat! Renegat! Er liebte solch alberne Fremdwörter. Meinte, sie taugten zur bourgeoisen Visitenkarte. Zur Verschleierung seiner kleinbürgerlichen

Herkunft, seines Aufsteiger-Snobismus, seiner Vergangenheit bei einer – horribile dictu! – sozialistischen Zeitung. Wo er stets auf Parteilinie gewesen war: Die Eliten in Kanzleramt und Rathaus würden das Volk schon schaukeln; jede Kritik an Kreisky Hochverrat. Und so einer hatte jetzt die Chuzpe, sich über die Verführbarkeit und Dummheit der Arbeiter zu beklagen: Beschieden sich einfach nicht mit einem Einkommen, das Brandners Ausgaben für Wein entsprach! Sie gaben sich den Anschein, als hörten Sie seiner Jeremiade zu. Bliesen Rauch in seine Richtung, er wachelte mit seiner Wurstfingerhand. Würde er eine einzige Nacht in einer Genossenschaftswohnung am Stadtrand verbringen, er müsste wochenlang in einer Kuranstalt an der französischen Riviera aufgepäppelt werden. Und wenn er nur einen Tag lang an einer Supermarktkassa stünde, er … Genug davon! Schluss! Selbst Brandner vermochte den erkalteten Kaffee Ihrer ephebischen Ideale nicht aufzuwärmen. Führte zu nichts. Nein, lag zu weit zurück. Er sollte nur reden! Dieser Ignorant! Auch seine Frechheit würde am kommenden Sonntag zertrümmert werden!

»Von denen brauchen wir uns nichts zu erwarten«, dozierte er weiter, »das sind, mit Verlaub, Idioten, außerdem Rassisten. Man müsste sie … nicht umerziehen, das ist so ein problematisches Wort. Aber ihnen die Fernseher wegnehmen und verbieten, dass sie diese Krawallzeitungen lesen, falls sie überhaupt noch lesen können. Und zwecks höherer Eigenverantwortung täte es not, die Sozialleistungen auf ein erträgliches Maß zu stutzen …«

Die Worte Brandners gingen in einem lauten Knall unter. Der Blick auf das Rathaus war plötzlich getrübt. Die Ringstraße in Rauch gehüllt. Weitere Explosionen. Geschrei.

Hundejaulen. Aus den Schwaden stoben Studenten nach allen Richtungen. Verfolgt von Polizisten mit gezogenen Knüppeln. Die eben noch disziplinierte Parade – zu einem Tableau vivant von Eugène Delacroix mutiert. In einem fort rannten Leute an Ihnen vorbei. Radfahrer traten fest in die Pedale. Eine Gruppe Japaner tapste ins Landtmann, von ihrer Führerin mit viel Geschnatter angetrieben. Der Schanigarten hatte sich geleert. Rundum waren Tische und Stühle umgeworfen. Sie dämpften Ihren Zigarillo aus. Ein unerträgliches Gellen in Ihren Ohren. Wenige Meter von Ihnen entfernt knieten drei Polizisten am Boden. Aus dem gepanzerten Menschenknäuel ragten zuckende Beine. Wo war Brandner? Sie beugten sich zur Seite. Er kauerte unterm Tisch. Was war mit seinem Gesicht passiert? Brandner sah aus wie ein alter Bernhardiner nach einem Schlaganfall.

»Josef, was hast du?«

Er stammelte etwas. Doch verstanden Sie ihn nicht wegen des plötzlich einsetzenden Sirenengeheuls. Ein Ambulanzwagen hielt mit quietschenden Reifen vor dem Seitenflügel des Burgtheaters. Eine Bahre wurde an Ihnen vorbeigetragen. Darauf eine junge Frau, die offenbar Nasenbluten hatte. Sie stutzten. Es musste eine Epidemie sein. Mit einem Mal sahen Sie an allen Ecken und Enden nasenblutende Menschen. Das Polizistenknäuel auf den zuckenden Beinen löste sich. Zum Vorschein kam ein brüllender junger Mann. Seine Hände waren mittels Handschellen hinterm Rücken fixiert. Allerorten war nun Husten zu hören, während das Geschrei allmählich nachließ, die Rauchschwaden sich fast vollständig verzogen hatten. Sie sahen auf Ihre Armbanduhr. Es war höchste Zeit zu gehen. Abermals beugten Sie sich zu Brandner.

»Du ruinierst dir deine Hosen, Josef! Ich empfehle mich. Wir können unseren Plausch ja ein andermal fortsetzen. Servus.«

Sie klemmten einen Geldschein unter den Aschenbecher. Mussten einiges an motorischem Geschick aufbringen, um sich aus dem Möbelchaos im Schanigarten herauszuwinden. Entfernten sich von der Szenerie, eine sentimentale Schubert-Melodie pfeifend. In zehn Minuten könnten Sie am Stubentor sein. Eingetaucht in die innerstädtischen Gassen merkten Sie, wie Ihre Beine zitterten.

13

Sie gab die Packung zurück in ihre Tasche. Er könnte ja plötzlich vor ihr stehen, und sie, mit einer Zigarette in der Hand … ihr Atem … nein, wie peinlich das wäre! Sie musste sich schon auch Mühe geben. Mühe, Herrn Ludwig zu gefallen. Er war nicht Francesco. Kein großes Kind. Dem es egal gewesen wäre, ob sie rauchend oder betrunken auf ihn warten würde. Im ersten Bezirk. Wo alles so nobel war. Früher, wenn sie manchmal Hand in Hand durch die Innenstadt spazierten, hatte er alle verarscht. Die aufgedonnerten Frauen mit ihren hässlichen Hunden. Die Businessmänner mit ihren kleinen Schwänzen. Sie biss sich auf die Lippen. Durfte nicht einmal so denken. In Herrn Ludwigs Gegenwart müsste sie aufpassen, nicht ordinär zu werden.

Aus Francescos Mund hatte nichts ordinär geklungen. Er war kein ordinärer Mensch. Direkt, hemmungslos, aber nicht ordinär. Auch nicht beim Maifest im Prater, ihrer ersten Begegnung. Er hatte im Vollrausch auf einem der Tische getanzt, mit fast dreißig! Es hatte wie ein spastischer Anfall ausgesehen. Der Frank-Sunday-Style, wie er lallend erklärte, als sie plötzlich bei ihm und seiner Entourage saß. Er war ihr einfach nachgewankt, hatte sie darum gebettelt, als Entschuldigung dafür, dass er sie mit Bier angeschüttet hatte. Bierbecher durch die Gegend schmeißen, auch das war der Frank-Sunday-Style.

›Und Frank Sunday … das bist du? Bist du aus England? Schaust gar nicht so aus.‹

Was das heißen sollte, ob sie ihn nicht kannte? Seine Platten? *Tot oder sterben*? *Norm und Gefühle*? Nein, wirklich, davon hatte sie noch nie gehört. Er drückte sie an sich und gab ihr einen Kuss auf die Wange. Zugegeben, seine große Zeit sei schon ein paar Jährchen her. Er könne ihr Zeitungsauschnitte zeigen! Sogar aus Deutschland! Derzeit durchlaufe er eine ›passiv-kreative Phase‹, aber sein richtiger Durchbruch stehe ihm erst bevor. Und den Frank-Sunday-Style, den habe er sowieso immer noch drauf, auch im Bett. Stunden später torkelten sie zu ihr nach Hause. Er hatte nicht zu viel versprochen, zumindest was den Sex betraf. Für ein Jahr klang der Rausch nicht ab, sie sorgte für das Geld, er für das große Abenteuer. Seine Kreativität kam jedoch nicht zurück. Vielleicht würde sich das mit seiner neuen Rolle ändern? Bei vielen Künstlern sei das der Fall gewesen. Vaterschaft inspiriere. So hatte Francesco auf die Nachricht vom ›Unfall‹ reagiert. Von solchen Floskeln hatte sie sich davon abbringen lassen, abzutreiben.

Herr Ludwig würde gleich da sein. Es war viel los in der Stadt, Gedränge auf den Straßen und in der U-Bahn, außerdem waren Sirenen zu hören, Rettung und Polizei, ständig passierte etwas. Mit ein paar Minuten Verzögerung musste sie rechnen. Sie hätte auch damit rechnen müssen, dass ein Abenteurer kein verlässlicher Vater war. Dass Francescos Begeisterung für Norbert bald wieder abflauen würde. Wie er da kreativ sein solle, wenn der Kleine so viel schrie? Ob sie ihn nicht beruhigen könne? ›Ich muss an meinem Comeback arbeiten!‹ Sie konnte es nicht mehr hören. Dass es ihm doch nur um das Kind gehe. Er ihm später ein paar gute Platten hinterlassen wolle, aber auch Geld, ein Haus, in solchen kleinbürgerlichen Kategorien denke er bloß dem Kind zuliebe! Aber das könne nur funktionieren, wenn er seinen Freiraum habe!

Vor zehn Minuten hätte Herr Ludwig da sein sollen. Hatte er vielleicht angerufen? … Nein. Jetzt doch eine Zigarette. Das tat gut! Kein Grund, sich zu ärgern. Er würde schon seine Gründe haben. Vielleicht war es für Leute wie ihn normal, sich zu verspäten? Aber dann könnte er doch anrufen! Sie hatte ihm extra ihre Nummer aufschreiben müssen. Hatte er überhaupt ein Handy? Francesco war auch nie pünktlich gewesen. Aber damals hatte es noch keine Handys gegeben. Oder hatte sie etwas falsch verstanden? Hatten sie dort im Café vereinbart? Der Kellner, wieso starrte der zu ihr her? Ihre Schweißflecken? Konnten ihm doch egal sein! Der Filter glühte, sie warf die Zigarette weg. Einfach zu Boden, auch das konnte ihm egal sein! Er sollte aufhören, sie anzustarren! Sie wusste selber, dass sie an diesem Ort falsch war. Nicht hierher gehörte. Wieder ein Blick auf die Uhr. Fast zwanzig Minuten. Oder doch ins Café gehen? Nur zur Sicherheit. Aber er wäre doch rausgekommen. Um nachzusehen, ob sie … Oder hätte sie angerufen, im Café gab es bestimmt ein … Plötzlich spürte sie einen Druck. Dabei hatte sie kaum etwas getrunken heute, extra nicht. Ausgerechnet jetzt! Wo sollte sie bloß? Im Café, man müsste sie dort gehen lassen. Wenn aber Herr Ludwig in der Zwischenzeit auftauchte?

Egal, sie musste! Dringend! Eilte in Richtung Café, stolperte, fiel zu Boden. Rappelte sich sofort wieder auf. Die Hose war dreckig, hatte einen Riss bekommen. Zum Glück hatte sie kein neues Kleid gekauft! Zur U-Bahn jetzt. Nur nach Hause. Solange musste sie durchhalten! So ein Malheur durfte nicht passieren! Sie musste sich konzentrieren. Verlor dabei die Kontrolle über alles andere. Bekam von einem anderen Fahrgast Taschentücher. Sie hatte nicht daran gedacht, welche einzupacken.

14

Wenn ich etwas sage, muss es um Musik gehen

Zum Tod von Frank Sunday – ein Nachruf von Robert Richter

Für einen Musiker ist es wahrscheinlicher, zu scheitern, als erfolgreich zu sein, und in Wien ist es am wahrscheinlichsten, dass beides zugleich geschieht. Für Frank Sunday schien das Leben auch beide Wege bereitzuhalten, als er als Francesco Domenico in Hernals zur Welt kam. Da war der italienische Vater, der Liebe wegen nach Wien gekommen, später aus demselben Grund in seine Heimat zurückgekehrt. In den drei Jahren seiner Anwesenheit nahm Francesco ihn »kaum einmal anders wahr als Gitarre spielend und singend«, wie er noch vor wenigen Jahren erzählte. Zweiter prägender Einfluss seiner Kindheit waren die ärmlichen Verhältnisse, in denen er aufwuchs und aus denen er später ein hierzulande unbekanntes Proletarierethos formte. »Er war sehr stolz auf seine Herkunft, seine Roots in der Arbeiterklasse waren ihm sehr wichtig«, sagt ein langjähriger Weggefährte. Dabei hat Frank sogar einige Semester lang studiert, war unglaublich belesen, spielte immer wieder mit dem Gedanken, nicht nur Songtexte, sondern »richtige Prosa« zu schreiben. Es heißt, er habe in den letzten Jahren damit begonnen, zu einer Veröffentlichung ist es aber nicht mehr gekommen.

Wenngleich seine einzigen Plattenaufnahmen allesamt auf die frühen achtziger Jahre zurückgehen – *Tot oder Sterben, Norm und Gefühle, ... und i schlof* – in nur drei Jahren sorgten sie in Österreichs Musikszene für gehörige Furore. Frank Sunday wurde zum meistversprechenden Talent des heimischen New Wave. Tausende besuchten seine Konzerte, seine Lieder wurden im Radio gespielt, neben ihm feierten Falco und Hansi Lang erste Erfolge. Mit Mitte zwanzig schien er den Durchbruch endgültig geschafft zu haben, nach Jahren als Gitarrist in verschiedenen Bands stand er selbst im Mittelpunkt. Und seine exzessiven Konzerte waren legendär: »U4-Gigs waren gesundheitlich am schwersten zu überstehen«, sagte er später. »Ich schmuste damals mit allen Männern und Frauen, die vor der Bühne standen. Nach jedem Gig hatte ich den Mund voller Herpes, und es dauerte Jahre, bis ich das wieder loswurde.«

Dem kometenhaften Aufstieg folgte der große Absturz, und zu einem guten Teil war Frank Sunday selbst daran schuld: Ein Konzert im Metropol, zu dem eine Riege Münchner Plattenmanager eigens angereist war, fand nicht statt, weil er nicht auftauchte. Bald darauf verschwand er aus der öffentlichen Wahrnehmung, keine neue Platte sollte mehr erscheinen. Es wurde von schwerer

Drogensucht gemunkelt, aber auch davon, dass er vom Erfolg genug und sein privates Glück gefunden, eine Familie gegründet habe. Frank selbst gab dazu keine Auskunft. Er habe »einfach was Neues ausprobieren wollen, immer schon«.

In den neunziger Jahren, nur mehr einschlägigen Musikexperten war er ein Begriff, ging er schließlich für einige Zeit nach Indien. Aber mehr wollte Frank Sunday nie erzählen, »wenn ich was zu sagen habe, muss es um Musik gehen«.

Und so war es auch, als er um die Jahrtausendwende nach Wien zurückkehrte.

Er stellte eine Band zusammen, gab kleinere Konzerte, besucht von Leuten, die zu seiner großen Zeit noch in den Windeln lagen. Er war ein anderer geworden, spielte kein einziges Mal mehr seine alten Hits, sondern indisch inspirierte Eigenkompositionen mit unglaublicher Virtuosität. Den neuerlichen Gang ins Tonstudio lehnte er ab, er verstand sich nun ganz als Livemusiker. Dass er dadurch kaum im Radio gespielt wurde, war ihm egal. Eine eingefleischte Anzahl neuer und alter Fans (auch solche gab es, die es ihm nachsahen, dass er nicht als Jukebox seiner früheren Lieder enden wollte) hielt ihm die letzten Jahre über die Treue, sorgte dafür, dass er sich in den Vierzigern seines Lebens ganz auf sein Dasein als Musiker konzentrieren konnte.

In Frank Sunday steckte das Zeug, ein auch international umjubelter Star zu werden, sein Talent stellte selbst jenes von Falco in den Schatten. Darum aber ist es ihm nie gegangen. Was ihn interessierte, war alleine die Musik, das wäre auch ohne den frühen großen und den späten bescheidenen Erfolg so gewesen.

Mit ihm ist eine der unbekannten Größen der heimischen Musikszene gegangen, für manche ein wertvoller Freund, für viele ein sympathischer Zeitgenosse. Doch er wird weiterleben, nicht nur in seinen Platten oder in den zahlreichen Livemitschnitten aus den letzten Jahren. Auch als einer, der zwischen Leben und Musik keine Grenze zog, beides als Einheit betrachtete, wie das Scheitern und den Erfolg.

Dafür sollten wir Frank Sunday dankbar sein. Vergangenen Monat ist er an den Folgen eines Schlaganfalls gestorben. Er wurde 50 Jahre alt.

Der Einbeinige schlug die alte *Augustin*-Ausgabe zu. Was für einen Schwachsinn er sich damals aus den Fingern gesaugt hatte! Frank Sunday, ein egozentrisches Arschloch, das hätte er schreiben sollen. Er nahm die zerknitterte Geburtsurkunde, legte sie zurück in den Schrank, den er Norbert für dessen Sachen überlassen hatte – Kleidung, Gras, Dokumente, Fotos, einen Stapel Vintage-Ansichtskarten von Wien. Er hätte nie darin gestöbert, hätte er sich nicht Gewissheit verschaffen müssen, ehe er … Was überhaupt? Sollte er es ihm wirklich sagen? Wie? ›Hey Norbert, dein Vater war mal ein berühmter Musiker und ist erst vor vier Jahren gestorben, nicht, als du klein warst!‹ Vielleicht würde er bloß mit den Schultern zucken. Verständlich. Hätte er was versäumt? Wohl nicht mehr, als die Begegnung mit einem versifften Drogenhirn.

Das sich einen Dreck um seinen Sohn scherte. Warum in alten Wunden bohren? Aber das Grab. Norbert wusste nicht, wo es lag. Der Einbeinige schon, das kam ihm nicht richtig vor. Zwar war er nicht zur Verabschiedung gegangen, auf die absehbare Verklärung eines Junkie-Lebens hatte er verzichtet. Aber danach war er mehrmals zum Zentralfriedhof gefahren, auch, weil er das Gefühl hatte, so von seiner Vergangenheit endgültig Abschied zu nehmen. *Tot oder sterben,* es war banal, gleichzeitig kaum zu fassen: gleicher Jahrgang, viele Jahre gleicher Lebensstil, Frank Sunday tot, der Einbeinige noch auf der Welt und doch nur am Sterben – was war das Leben sonst? Die Zeit für den Frank-Sunday-Style war begrenzt, wer das nicht rechtzeitig begriff, musste büßen. Ach was, begreifen, klang wie reifen, was für eine moralinsaure Scheiße! Er selbst hätte gar nichts begriffen. Auch nicht mit Ende dreißig. Erst musste ihm ein Bein abgesäbelt werden. Dieses Glück hatte Frank Sunday nicht gehabt.

Ein Schlüssel wurde in die Wohnungstür gesteckt. Pochen in seinen Schläfen. Norberts armselige Schreie in der Westbahnhof-Passage. ›Francesco! Francesco!‹ Der Bursch stand in der Küche. Die Augen blutunterlaufen. Er roch nach Schlamm und Bier.

Später saßen sie schweigend da. Der Einbeinige in seinem Fauteuil, Norbert auf der Couch. Er rauchte einen Joint, zum ersten Mal in der Wohnung, der Einbeinige hasste den Geruch, aber scheiß drauf, was soll's?

»Also, willst du mal hinfahren zum Grab?«

Norbert zuckte mit den Schultern, saugte den letzten Rest aus dem Joint, zündete ihn nochmal an, der Filter flammte, es roch nach verbrannten Haaren. Er warf den Stummel in den Aschenbecher, legte sich hin, zog die Decke über den Kopf. Der Einbeinige stand auf, schaltete das Licht aus, setzte sich wieder. Betrachtete das sich hebende und senkende Menschenbündel auf der Couch. Erst nach Mitternacht legte er sich ins Bett.

15

Es hatte die ganze Nacht geregnet, in der Wohnung war es kühl. Durchs Küchenfenster drückte ein grauer Himmel.

Der Einbeinige musste bald weg, in die Redaktion. Fragte ihn natürlich, ob es okay sei, ob er ihn alleine lassen könne. Wie das nervte! Diese mitleidstriefende Visage, diese gedämpfte Stimme, er hätte ihm am liebsten eine reingedonnert. Endlich alleine, holte er seinen Schwanz raus. Dachte an die Schicksen vom Donaukanal, an ihre Titten, zwang sich dazu, daran, sie ordentlich durchzuvögeln. Aber es war wie verhext. Irgendwas verstopft. Was für ein Luschen-Harter, das machte doch keinen Spaß! Aber er musste …! Die Schicksen sollten auf die Knie, ihm einen blasen, ja, geil, ihre Münder! An ihre Münder denken! Sie am Hinterkopf packen! Er rubbelte und rubbelte, doch er fühlte nichts. Bloß sein errötendes Gesicht, seinen verklumpten Kopf. Ein kaputter Schwerenöter, hundert Jahre alt, könnte sich kaum anders anstellen, sich kaum mehr anstrengen, es war zum Kotzen. Wie das Gesäusel des Einbeinigen, der sollte doch endlich die Fresse halten, was ging das alles diesen Vollspasti an? Er hätte ihm eine reindonnern sollen! Scheiß Gutmensch! Elendig! Die Titten! Er musste an die Titten denken! An die Schicksen! Wie sahen sie aus? Was jetzt? Wieso diese Klofrau! Was sollte der Dreck? Dreck in seinem Kopf, komplett kaputt, schrottreif, die Schicksen! Musste an sie denken! Was passte denn nicht? Knieten doch vor ihm! Trübten sich ein. Wie mühsam das war! Wie im Altersheim. Ein grindiger Typ. Zuerst auf die Pirsch, die heißen Schwestern am Flur. Dann ab ins Zimmer, verschwommene Bildfetzen, rasch, bevor sie wegdriften, vollste Konzentration, ein lascher Halbtoter, ein Impotenzler, ein alter Mann, schütteres Haar, saure Visage … Aber was?, was?, nein!, ja!, ja!, das war, ja, gut, so kannte er ihn, seinen Schwanz, so musste er sein, so war es richtig, scheiß drauf!, die Fliesen an der Wand, er machte die Augen zu!, sein Rücken presste an die Kabinentür, LOGE 5, was soll's, war doch okay, er brauchte das jetzt, der Donauwalzer, er verdiente es, und der Alte, er war, fuck!, er hatte das drauf, war einfach gut!, gut!, gut!, Wien!, Wien!, scheiß drauf, Wien!, er war bald soweit, fuhr Bilinski durchs Haar, sagte es auf, wie geil das war, das Gedicht … *Wien, du alte, kalte Hure, ich kauerte an deines Grabes Mauer …*

Er fuhr mit dem Bus in Richtung Innenstadt, zu einem Lokal in der Nähe des Naschmarkts. Wollte dort mehr über Francesco erfahren. Den Tipp hatte er vom Einbeinigen bekommen. War eh kein Vollspasti. Manchmal anstrengend, trotzdem ein Freund. Sein einziger eigentlich. Und was hätte er denn anderes machen sollen, als ihm die Wahrheit zu sagen?

Das Lokal hatte den schwachsinnigen Namen Formidabel. Er stand eine Weile davor. Eine schlanke Frau kam raus auf die Terrasse, wischte Tische ab, verteilte Aschenbecher und Flyer. Als sie fertig war, zündete sie sich eine Zigarette an, bemerkte ihn, lächelte. Sie wirkte, wie er sich fühlte, zerschlagen. Schwarze Kleidung, Augenringe, blasse Haut, trotzdem kam sie ihm nicht ungesund vor, im Gegenteil, irgendwie strahlend.

»Wir haben schon offen!«

Er saß auf der Terrasse, zündete sich eine Zigarette an, Herzklopfen. Betrachtete den Flyer, das Veranstaltungsprogramm für den Monat. Die Namen der Bands sagten ihm nichts. Die Frau brachte einen Kaffee.

»Was sind das für Bands? Ich meine, welche Musik?«

»Ziemlich durchgemischt, würde ich sagen. Gut muss sie sein. Wieso, willst du spielen?«

Er schüttelte den Kopf. Was sollte er denn spielen? *Landser?* Die Frau ging wieder hinein. Er tötete die halbgerauchte Zigarette ab. Ein widerliches Quietschen im Aschenbecher. Seine Hände schwitzten. Noch nie. Noch nie hatte er beim Wichsen an Bilinski gedacht. Er rieb die Hände ins T-Shirt. Trank den Kaffee in einem Zug aus, ein Flammenwerfer in seinem Rachen. Er brauchte noch einen.

Als die Frau ihn brachte, fragte er sie endlich, erbärmlich uncool, seine Stimme brach.

»Frank Sunday? Du meinst Francesco? Klar hab ich ihn gekannt. Ist oft bei uns aufgetreten. Aber du weißt, dass er tot ist? Ein Jammer …«

Er hörte sich sagen: »War mein Vater.«

Die Frau schien nicht überrascht, eher interessiert, sie musterte ihn. Schwarze Haarsträhnen fielen ihr in die Stirn, bestimmt gefärbt. Kaum Falten, oder gut geschminkt, volle Wangen. Er schätzte sie auf über vierzig, schwer zu sagen, jedenfalls sexy. Ihr Busen dürfte sich gut gehalten haben, davon könnte er sich ziemlich sicher gleich überzeugen. Sie telefonierte kurz, ein Typ tauchte auf, dann ging Norbert mit ihr in eine Wohnung über dem Lokal. Nur wegen der Gitarre, Francesco habe ihr eine geschenkt, behauptete Lena. Er wollte es glauben. Dann, in einem Ohrensessel sitzend, hielt er Francescos Halbakustische in der Hand. Durchs Fenster sah er den Flakturm, an der Wand ein riesiges Bild, rote und schwarze Farbkleckse, eine tanzende Katze? Er fing an zu spielen, ohne weiter nachzudenken, fiel automatisch in eine Abfolge simpler Akkorde, sie kamen ihm vertraut vor, gut, sie streichelten ihn zärtlich. Jahrelang nicht gespielt, nicht gehört, nicht daran gedacht, und jetzt, ohne Nachdenken, automatisch, es war wie Radfahren, wie … Lena hatte den Ausdruck einer Kindergartentante, er biss sich auf die Lippen, hätte schon fast losgesungen, mitgesungen, schlug mit der flachen Hand auf die Saiten, legte die Gitarre weg. Lena sah ihm zwischen die Beine, hatte sie was bemerkt? Ob er ihr Klo benützen dürfe? Klar.

Dort saß er dann, den Kopf in den Händen, die Geilheit war weg. Hätte er wirklich hier … anstatt mit dieser Frau …? Ihm war plötzlich übel. Was war das gerade gewesen? Diese Akkorde, die Melodie, damit war er doch längst fertig! Er hatte es Marie versprochen.

Es klopfte an die Tür. »Hey, Kleiner, alles gut? Willst auch ein Bier?«

Er sprang auf, klappte den Klodeckel hoch, kniete sich hin, kotzte.

16

Er kannte den Typen von früher. Vom Fußballspielen, da waren sie beide noch Kinder gewesen. Mittlerweile wirkte Bernhard beinahe erwachsen. Sein Körper kräftig, seine Gesichtszüge streng, er hatte eine Glatze und trug Army-Outfit. Mit drei Burschen in ähnlicher Montur lungerte er am Skaterplatz herum. Norbert beobachtete sie aus sicherer Entfernung. Wie sie immer wieder wen verscheuchten, der ihnen zu nahe kam. Wie sie Bier tranken und rauchten. Er wollte, wie jeden Sonntag, bloß die Zeit totschlagen. Nach dem Match hatte er meistens keine Lust, mit den anderen vom Verein abzuhängen. Und seit der Sache mit Rupert wollte er auch nicht früher als nötig rauf in die Wohnung, obwohl das Arschloch längst einen Abgang gemacht hatte. Mit der Mutter lief es nicht viel besser. Sie ließ ihn spüren, dass der Kerl seinetwegen weg war. Er stellte sich ihr Gesicht vor. Blöde Fotze.

»Hey, Bürschchen, willst ein Bier?«

Er sah sich um. Niemand. Niemand sonst konnte gemeint sein. Er maß die Entfernung zum Haustor, da kamen die Typen schon auf ihn zu, er rannte los. Rannte nicht schnell genug, sie holten ihn ein, umstellten ihn, schubsten ihn hin und her. Dann grinste Bernhard, als hätte er ein altes Spielzeug wiedergefunden.

»Ach, du bist das!«

Er war nicht nur zwei Jahre älter, sondern auch zwei Köpfe größer.

»Was rennst denn davon? Ganz schön unhöflich von dir!« Bernhard packte ihn am Nacken, zerrte ihn zum

Skaterplatz. »Du schaust uns immer zu, da wollten wir dich mal einladen. Bist noch beim Verein? Hast dort bestimmt schon mal Bier bekommen!«

Bernhard riss eine Dose auf, drückte sie Norbert in die Hand. Er verschüttete sie fast, Gelächter. Bernhard nahm sein eigenes Bier, trank, Norbert machte es ihm nach. Bernhard setzte irgendwann ab. Norbert nicht.

»Bist ja ein richtiger Schluckspecht, kleiner Bertl!«

Er ließ das Bier in seinen Körper rinnen, die Angst wurde schwächer, als würde er eine Rüstung tragen, in seinem Inneren wurde alles weggespült. Rupert, das Arschloch, der hatte ihm ein Butterfly-Messer geschenkt. Was sollte er damit? Eintauschen, gegen einen Haufen Comics, ein Schulkollege hatte ihm das angeboten. Rupert hatte das spitzgekriegt. Ihn daraufhin vermöbelt, den rechten Arm gebrochen – Skatebordunfall, hatte er im Spital lügen müssen, die Mutter neben ihm, völlig durch den Wind, weggetreten. Als sie heimgekommen waren, war Rupert dabei gewesen, seine Sachen zu packen. ›Der respektiert mich nicht, der kleine Scheißer!‹ Die Mutter auf Knien, flehend, bettelnd, er dürfe sie nicht verlassen! Sie wolle nicht schon wieder verlassen werden! Also war Rupert geblieben. Und er? Hatte nichts mehr gesprochen. Jeden Tag, wenn er Rupert sah, war ihm zum Kotzen. Keiner der beiden hatte es gewagt, ihn anzupflaumen, wohl aus Hemmung, weil er einen Gips hatte. Bis es Rupert zu blöd geworden war. Norbert drückte die leere Bierdose zusammen. Er! Er hatte Rupert verjagt. Rausgekotzt. Scheiße, bekam er einen Harten? Bernhard sah ihn an. Durch eine hart geschnittene Maske schimmerte das Kind aus gemeinsamen Fußballzeiten.

»Hast ja gar nichts mehr drin, kleiner Bertl! Alle Achtung! Aber wie heißt es? – Wer nimmt, muss auch geben. Und du nimmst ordentlich. Na, brauchst nicht so betreten dreinschauen. Keiner tut dir was! Musst nur raufflitzen in deine Wohnung und Bier holen. Wohnst ja dort oben, oder? Na bitte. Also, zisch ab! Und ich rate dir zurückzukommen, und ja nicht mit leeren Händen!«

Im Lift war die Geilheit weg. Er konnte wieder klar denken. Was, wenn die Mutter … Sie war zum Glück nicht daheim. Nur der Kater, den sie seit Ruperts Auszug hatten. Bislang der beste ihrer Kerle. Er streifte um seine Beine, maunzte, aber Norbert hatte jetzt keine Zeit. Öffnete den Kühlschrank – kein Bier. In den Schränken, im Schlafzimmer, in der Besenkammer – kein Bier. Verdammt, wäre Rupert bloß noch bei ihnen! Er lugte durchs Fenster in den Hof. Dort saßen sie, warteten – gafften sie zu ihm rauf? Er sperrte sich im Klo ein, der Kater scharrte an die Tür, er ging noch einmal in die Küche, nochmal alles durchsuchen. Na bitte! Hatte er sie eben übersehen? Eine Flasche Wein, Doppelliter. Besser als nichts. Er hatte sich immerhin bemüht, das müssten sie zugeben.

Sie blickten ihm auch freundlich entgegen, als er zurückkehrte. Es dämmerte, auf einem Balkon schimpfte jemand mit einem Kind, die Mutter würde bestimmt bald heimkommen. Er wollte sowieso eigentlich … in seinem Bett liegen, mit dem Kater kuscheln, der hatte zudem sicher Hunger. Er hätte ihn vorhin füttern können, das hätte er wirklich machen sollen. Erst den Wein abliefern, sich fürs Bier bedanken, erledigt der Fall.

»Bürschchen, sag, willst du uns verarschen?«

Hundegebell, Flugzeuggedröhn, Norbert klammerte sich an seine Desert Eagle. Ballerte um sich, in Richtung

Balkon, »Annabell! Ich wollte auch einen schönen Sonntag haben, die Omi ist jetzt ganz bös mit dir!«, auf Bernhard, »Den Fusel kannst alleine saufen! Hast was bei den Ohren? Es hat Bier geheißen!«, in Richtung Balkon, »Annabell, du musst schon hören, wenn die Erwachsenen was sagen! Lass die Omi in Ruh! Dass du aber auch nie still sein kannst!«, auf Bernhard, »Geht schon, kleiner Bertl! Strafe muss sein! Schön runter damit!«, in Richtung Balkon, »Annabell, es reicht! Du gehst sofort auf dein Zimmer! Und es ist alles gestrichen! Schau, wie sich die Omi kränkt! So nicht, junge Dame!«, auf Bernhard, »Bravo, kleiner Franzos, kotz alles raus! Alter, solche Fontänen, fast wie von dir, Gernot! Hast recht! Trinkst auch immer weiter!«, in Richtung Balkon, »Siehst, jetzt ist es passiert! Hör auf zu plärren! Glaubst du, mir tut das nicht weh? Und die Omi! Glaubst du, die Omi sieht das gern?«, »Das kommt ja gleichzeitig wieder aus ihm raus!«, »Du sollst aufhören, hab ich gesagt!«, »Pack mit an! Den Kopf festhalten! Rein damit!«, »Magst noch eine fangen?«, »Heilige Scheiße!«, »Du kleine Hexe!«, »Was für eine geile Schweinerei!«, »Dem Papi werd ich das alles sagen!« »Hey, Kleiner! Norbert!« »Ich glaube, er muss … okay, ist genug …«

»Alles in Ordnung mit dir da drin?«

17

Er hörte Lenas Stimme. Ihr Klopfen. Stand ruckartig auf, drückte die Spülung, dabei war es doch egal, was sie dachte. Er schüttete sich kaltes Wasser ins Gesicht, öffnete die Tür, Lena glotzte ihn an.

»Du siehst fertig aus …«

Im Wohnzimmer hielt sie ihm eine Bierflasche hin, er nahm sie, trank, keine Sorge, es gehe ihm gut. Sie griff nach seiner Hand und führte ihn ins Schlafzimmer. Ein paar Worte über Francesco, was für ein toller Hecht der doch war, dann zogen sie einander aus, es war genau das, was er jetzt wollte, diese Frau, die Geliebte seines Vaters, zu einer Zeit, da er nicht einmal wusste, dass dieser noch lebte. Fickte. Er sah sein T-Shirt am Boden liegen, wie immer in diesem Moment musste er an das Tattoo denken, diesen lächerlichen Code, der Einbeinige hatte recht, er hätte es längst weglasern sollen, jedes Mal seine Angst, es könnte ihm einen Strich durch die Rechnung machen. Dabei wäre es den Mädels vom Donaukanal egal gewesen, das hatte er selber verbockt, die Hände dieser alten Männer, sie vergifteten seinen Körper, Männer, denen das Tattoo ganz egal war, denen es sogar gefiel, von der Wehrmacht gerammelt werden, heiße Sache, sagte mal einer, was für kranke Typen. Aber Lena ignorierte es, Frauen ignorierten es immer, nie fragte eine nach, nie wollte eine wissen, wieso er es hatte, auch diese Frau nicht, sagte nichts oder hatte es gar nicht bemerkt, so rasch war sie unter ihn hineingerutscht, machte die Beine breit, umschlang ihn, und er enttäuschte sie nicht, sich nicht, und ihr Stöhnen war sein Name, oder der von Francesco, und die ganze Zeit, bis er endlich kam, wummerte *Landser* in seinem Kopf: *Adolf Hitler, unser Führer, Adolf Hitler, unser Held!*

»Manchmal haben wir eine Woche zusammen verbracht. Dann hab ich ihn wieder monatelang nicht gesehen. Francesco war ein guter Mensch. Ist heute nicht mehr selbstverständlich. Die Guten sind die Bösen und die Bösen sind die Vernünftigen. Ich weiß ja nicht, wie du das siehst, ob du gut oder böse bist oder einfach nur ein Idiot. Glaub ich nicht. Scheinst ein netter Bursche zu sein. Ich mach dir wegen der Zierleiste über deinem Schwanz keinen Vorwurf. Vielleicht eine Jugenddummheit, vielleicht bereust du es, kann ich mir gut vorstellen. So wie du wirkst, hast du Tiefgang. Francesco hätte das wahrscheinlich nicht so locker genommen, noch dazu, wo du sagst, du bist sein Sohn. Vielleicht hätte er sich Vorwürfe gemacht, bestimmt, das hätte ihm keinen Frieden gelassen. Ich meine, er hat nie direkt von dir gesprochen, das nicht, von seinen früheren Frauen, ja, aber dass da ein Kind … Na, ich glaub dir jedenfalls, und wenn ich mir deine Augen so anschaue, gibt es gar keinen Zweifel. Aber Francesco … hat es halt nie direkt gesagt, wenigstens nicht mir, ich war ja nicht die Einzige, mit der er geredet hat. Ich weiß nicht, was zwischen ihm und deiner Mutter vorgefallen ist … ich habe den Vater vom Valentin schon ewig nicht mehr gesehen. Valentin? Mein Sohn, der junge Mann, der mich vorhin abgelöst hat. Der junge Mann, wie das klingt! Nein, Valentin hat keinen Kontakt zu seinem Vater, wollte das von Anfang an nicht, hat gleich gemerkt, dass auf den kein Verlass ist.

Mit Francesco hat er sich super verstanden und … das tut mir jetzt leid … so war das nicht gemeint … sie haben sich ja kaum gesehen … Komm her … Weißt du, Francesco hat auch einmal so geweint. Er hat geweint und gesagt, dass er seine Familie vermisst. Das ist die Wahrheit! So ist er dagelegen, wie du. Und mit Familie meint ein Mann nie eine Frau, da geht es immer um die Kinder. Damit hat er dich gemeint! Jedenfalls wäre er stolz gewesen, so einen feschen Kerl zum Sohn zu haben. Spielst du Gitarre? Er hätte nichts lieber gemacht, als mit dir Gitarre zu spielen, bei uns unten im Keller, da hat er gratis gespielt. Die Leute haben sich Karten für seine Konzerte in der Arena oder im Gasometer gekauft, und bei uns haben sie ihn gratis gesehen. Das war seine zweite Karriere. Er ist ja schon in den Achtzigern aufgetreten, da warst du noch gar nicht auf der Welt, aber das weißt du bestimmt. Ich habe ihn damals gar nicht richtig registriert. Er hat mir mal seine alten Platten vorgespielt, ehrlich gesagt, ich hab nicht viel damit anfangen können. Du kennst seine Lieder gar nicht? Naja. Wegen der alten Sachen ist es egal, aber um die neuen ist es ein Schaden. Er wollte sie nicht und nicht aufnehmen. Hat Angebote ausgeschlagen, das kannst du dir nicht vorstellen, da wäre ihm noch der große Durchbruch gelungen. In seinen letzten Jahren hat er Konzerte in Budapest, Prag, Berlin und Amsterdam gespielt, einmal sogar in London. Es gibt ein paar Bootlegs, aber die kann man sich nicht anhören, die haben so eine schlechte Qualität, das ist eine Beleidigung für seine Musik. Vielleicht wäre das auch bei Profiaufnahmen so gewesen, wahrscheinlich war es gar nicht möglich, seine Musik aufzunehmen. Für ihn war das Live-Spielen sowieso das Entscheidende, und auch finanziell hat es gereicht.

Geblieben ist davon halt nichts, du bist doch nicht gekommen, um …? Tut mir leid. Hören wir auf, über Francesco zu sprechen. Mehr gibt es auch nicht zu sagen. Wir haben nicht die normale Art von Beziehung geführt. Wir haben unsere Leben gelebt und manchmal zusammen Spaß gehabt. So etwas verstehst du sicher am besten … Aber … willst du mir nicht erzählen, was dich beschäftigt?«

18

Es war im Winter gewesen. Er stieg aus der Straßenbahn. Kärntner, Ecke Ring. Schneematsch am Gehsteig. Sneakers waren Scheiße. Hätte er seine Docs nicht weggeschmissen! Geile Schuhe, sauteuer, hätten noch Jahre gehalten. Ob er sie nicht entsorgen wolle, hatte der Einbeinige gefragt, wegen den schlechten Erinnerungen, die daran klebten. Die eingetretene Küchentür, seine Mutter hatte wieder mal gemault, mit welchen Nichtsnutzen er sich da rumtreibe. Der Boden in Bernhards Keller, ihrem Treffpunkt, Norbert spielte *Landser* auf der Gitarre, die Docs gaben den Takt vor. Die zerborstene Fensterscheibe des Kent, er hatte gar nicht mehr mitmachen wollen, es Marie versprochen, noch am Flughafen, aber was musste sie auch zum Babysitten nach England? Genau, schlechte Erinnerungen, der Einbeinige hatte schon recht gehabt.

Er stellte sich an die Ecke, steckte die Hände in die Jackentaschen. Fühlte sich nackt. Kein Schlagring, kein Messer und auch keine Stahlkappen. Wenn der Alte Probleme machen würde, er müsste sich auf seine Fäuste verlassen. Obwohl, einmal anblasen, und der Mann würde umklappen. Gar nicht daran denken. Mit dem Geld könnte er sich drei Paar Docs kaufen. Hatte er auch dem Einbeinigen erklärt, und dass er ihm nicht mehr auf der Tasche liegen wolle. Er solle sich das trotzdem gut überlegen. Drauf geschissen. Zweihundert Euro, vielleicht jede Woche, wenn er seine Sache gut machte. ›Du hast was auf dem Kasten, wäre schade um dich!‹ Er starrte auf seine nassen Schuhspitzen. Sollte er das

Gedicht noch einmal durchlesen? Mit der Rechten zerknüllte er den Zettel in seiner Jackentasche. Leierte es in Gedanken herunter. Zum x-ten Mal seit dem Aufstehen. Wie das klang. Ein kluger Bursch. Fuck, diese nassen Schuhe!

Und wenn es nicht ging? Der Einbeinige konnte nerven! Immer noch eine Frage, noch eine Frage, nie war was gut. Warum sollte es nicht gehen? Es ging immer. Immer und überall. An Marie denken. Oder an … Scheiße. Gleich würde er drankommen. Nur einmal gesehen, doch er erkannte ihn sofort. Wie er aus der Straßenbahn stieg. Kein Zweifel, das war er. Ein schmächtiges altes Männlein. Zündete sich eine Zigarette an. Trug gute Schuhe. Altherrenschuhe. Seine Sneakers hingegen. Wie festgefroren. Keine Chance wegzurennen. Die Kälte kroch ihm die Beine hoch. An Marie denken. An das Geld. Die Docs. Er könnte auch sparen. Den Führerschein machen. Ein Auto kaufen. Nach Italien fahren. Ach was. Nach England! Ihr ein Gedicht aufsagen. Das konnte er jetzt! Würde ihr gefallen. *I love you and you love me, c'mon let's make a …* Kam man mit dem Auto überhaupt nach England? Der Mann hatte ihn erkannt. Ließ sich nichts anmerken. Lächelte nicht, nickte nicht, winkte nicht. Kam einfach auf ihn zu. Ihm entgegengehen? War nicht drin. Er war ein Eisklumpen, vom Tattoo abwärts. Aber irgendwie müsste es doch klappen! Mit dem Auto nach England fahren. London! Musste eine geile Stadt sein. Hatten in der vierten Klasse alle gesagt. Er war zuhause geblieben. Zu teuer für seine Mutter. Der Mann stand vor ihm. Ein alter Opa. Was war das für eine komische Zigarette? Roch nach Puff. London. Dort könnte er die neuen Docs kaufen. Seiner Mutter eine Karte schreiben. ›Grüße ins dreckige Favoriten. Hab's mir selber gezahlt!‹

»Gehen wir«, sagte der Mann.

19

Sie erkannten ihn bereits von der Straßenbahn aus, seufzten, hörten ein sanftes Rauschen. Ihr Unterleib schien von warmer Gischt umspült. An der Ecke des Bristol stand er, ein schlanker, großgewachsener Jüngling, größer, als Sie ihn in Erinnerung hatten. Kein liebliches Gesicht, nicht verwöhnt von heißen Bädern und hohen Räumen, dennoch schön. Grobe, rohe Schönheit! Mit der Vehemenz des Vorspiels zum ersten Akt von Wagners *Walküre* hatte es Sie vor ein paar Tagen zu ihm hin gepeitscht, in einer kalten Nacht am Schwedenplatz.

Es war natürlich nicht jählings geschehen. Schon seit längerem hatten Sie sich mit dem Gedanken gespielt. Hefteten sich oft über mehrere Stunden an seine Fersen, warteten auf die richtige Gelegenheit, verschoben Ihr Vorhaben immer wieder, zu sehr genossen Sie die Beobachtung. An diesem Abend waren Sie zunächst in mehreren Lokalen im ersten Bezirk, zusehends unter Strom, nicht zuletzt, da Sie, während Sie ihm von der Ferne zusahen beim Trinken, beim Rauchen, beim Reden, den Termin der Vollendung Ihres Werks festgesetzt hatten: auf den letzten Sonntag im Juni. An diesem Tag würden Sie sich in bacchantischem Rausch verlieren und die Stadt mit sich reißen! Explodieren würde sie, Ihnen zu Füßen liegen! Ludwig Bilinski, einst von hier verjagt wie Unzählige andere, die Wien mit Worten zu bessern versucht hatten. Vergebene Liebesmüh. Diese Stadt verstand das Wort nicht. Sie verstand lediglich die Tat, Gewalt, die Vergewaltigung. Der Geist war ihr bloße

Dekoration. Prestigeträchtige Täuschung, wie die Fassaden ihrer Gebäude. Kunstvoll verschleierten sie die ausgehöhlte Schlichtheit dahinter.

Später folgten Sie ihm zum Schwedenplatz, stellten sich zum Imbissstand. Zu den Gestrandeten, Betrunkenen, Pöbelnden, zu derben Ausdrücken, rohen Gefühlen, fremden Sprachen. Dort war es warm. Seine Nähe versetzte sie in leichte Unruhe.

» … weiß nicht, sie wird halt einkaufen gegangen sein. Irgendwas Geheimes war da in der Kammer, sie hatte sie sonst immer abgesperrt, das wusste ich. Ich hab mir vorgestellt, dass da vielleicht eine Rutsche runtergeht, so ähnlich wie bei Batman, und ich dann in einem geilen Auto lande und durch die Gegend brettern kann …«

Er saß neben einem unscheinbaren Invaliden, der bereits den ganzen Abend auf ihn eingeredet hatte. Über den beiden dicke Rauchschwaden. Zum ersten Mal konnten Sie ihn hören. Seine Klangfärbung! … Melancholische Eleganz! … Dekadente Litanei! … Derbe Lässigkeit! … Es war die Melodie Ihrer Kindheit! Sie machten einen Schritt zu den beiden Männern hin, kniffen die Augen zusammen. Der ältere mit der Prothese … uninteressant. Der jüngere aber! Er hielt inne, blickte kurz auf, wohin?, ah!, zu den Mädchen dort drüben! Wie schön! Er sprach weiter. Doch Sie hörten ihn gar nicht mehr, hörten nur mehr Wagner und sahen ihn, einen proletarischen Jüngling, einen Draufgänger, bestimmt ein Casanova der Vorstadt; betrachteten seine rohe Schönheit, seine unverbrauchte Kraft, nicht verweichlicht, nicht kränklich; sich hingeben, das wollten Sie doch, Ihrer Stadt, Ihrem Verlangen, Sie hatten das Datum fixiert, was könnte Sie jetzt noch hindern? Der Traum, der Traum, ihn nur einmal in Vollkommenheit erleben! Am rechten Ort, die Melodie Ihrer Kindheit, kein gebrochener Klang, kein durchgereichter Körper … Wie wäre das …? Ach, Wagner! Wagner! Wagner! Ja! Auf ihn war Verlass. Er zerschlug alle Bedenken.

Im nächsten Moment waren Sie auf die beiden zugetreten und hatten um Feuer gebeten.

Und ein paar Tage später achteten Sie darauf, gelassen aus der Straßenbahn zu steigen. Contenance! Einen Zigarillo anzünden, ja, das wäre jetzt gut, das müsste jetzt sein. Sich zum Schein umsehen. Hinschauen. Nichts anmerken lassen. Jeans, Parka, Turnschuhe. Blondes Haar, kurz geschnitten. Er war der Richtige. Keine Worte mehr, Taten! Er dürfte Sie nicht enttäuschen! Nein, das dürfte er nicht. Das würde er nicht. Wie könnte er? Er musste. Eben. Musste. Ihre Wünsche erfüllen. Ihnen zu Diensten sein. Sie bezahlten ihn ja.

20

Sie würden ihn weiterhin bezahlen, auch nach dem Sonntag. Gewiss würde er Ihnen zur Verfügung stehen und Sie würden sich ihm hingeben, warum auch nicht? Solomon würde Ihnen ebenso weiterhin dienen, würde Sie, wann und wohin auch immer Sie es wünschten, chauffieren. Die Junisonne würde im Juli dieselbe sein, lediglich an die astronomischen Umstände angepasst. Nichts änderte sich an den Planetenbahnen. Sie erreichten das Stubentor, das Lueger-Denkmal zog an Ihnen vorüber, der Wagen hielt an. ›Karl Lueger, ein visionsloser Populist, aber verwaltungstechnisch begabt, Vorbild aller nachkommenden Stadtoberhäupter‹ – hatten Sie dieses Bonmot verfasst? Für einen Artikel, der in der *Arbeiterzeitung* nicht erscheinen durfte, zu hart ging er mit der sozialistischen Stadtregierung ins Gericht. Sie verdeckten Ihr Gesicht. Versanken im Sitz. Verständlicherweise, vor kurzem waren Sie Zeuge eines innerstädtischen Tumults gewesen, einer regelrechten Straßenschlacht. Aus heiterem Himmel, allerorten Nasenbluten. Immer wieder strichen Sie sich mit den Fingern über die Oberlippe, Ihre eigene Unversehrtheit überprüfend, Ihre Hände blieben sauber. Rot war bloß die Ampel, die Ihre Weiterfahrt verzögerte, sowie das Gesicht jener Frau, die sich dort aufrappelte, aus dem Augenwinkel hatten Sie die Szene verfolgt, das überhastete Stürmen in Richtung Prückel, den slapstickartigen Sturz, die beschämte Flucht.

»Oh, shit!«, sogar Solomon war die bittere Sequenz aufgefallen. Da lief es dahin, Ihr banales Glück, tauchte wieder ab in den Untergrund. Es musste so sein. Wie hatten Sie sich dazu hinreißen lassen können, sie einzuladen? Was hätten Sie ihr zu bieten, außer einer unerträglichen Wahrheit? Sie waren kein guter Schauspieler.

Sie müssten alleine bleiben, den Blicken der Welt ausgesetzt, deren Sehkraft durch selbstverschuldete Unbesonnenheit abnahm. Der Wagen fuhr los, Sie ließen die Hände sinken, stutzten, die Hochhäuser am Rande des Stadtparks schienen zu wanken, Sie streckten Ihren Rücken. Natürlich! Natürlich wäre die Sonne nicht mehr dieselbe. Sobald die Blicke der Trabanten ungehindert ihr Licht wahrnehmen würden, würde die Sonne selbst sich verändern. Sie schlugen sich auf die Stirn. Ein sinnloser Vergleich, zum Schämen. Die Sonne existierte aus sich heraus, als Einzige war sie unabhängig, nicht auf die Energie oder die Anziehungskraft anderer angewiesen. Ob es andere Gestirne gab, sie umkreisend, war ihr gleichgültig, für sie unerheblich.

»Hätte Napoleon ein Leben als korsischer Landadeliger führen können?«

»Sorry, Sir?«

»Sogar wenn Napoleon es gewollt hätte, das Genie in ihm hätte sich den Weg ins Licht gebahnt.«

»Napoleon?«

»Napoleon hätte durch nichts verhindert werden können, keine Krankheit, keine Armee, keine Frau.«

»Frau … good.«

»Nur er selbst konnte sich im Weg stehen. Vom Erhabenen zum Lächerlichen ist es nur ein Schritt … «

»Sir?«

»Solomon, ich denke, die Vorsehung … nein, die Frage lautet doch vielmehr, befinde ich mich bereits vor Moskau oder noch in Notre-Dame, kurz bevor ich mich zum Kaiser kröne?«

»Sir, what the hell are you talking about?«

Doch Sie antworteten Solomon zunächst nicht. Sie staunten. Der Wagen fuhr am wankenden Hilton vorbei, an der Raiffeisen-Zentralbank, von deren Fassade Glassplitter rieselten, ehe im Licht dieses Spätjunitags beide Hochhausungetüme am Rand des Stadtparks in sich zusammenstürzten, nahezu geräusch- und spurlos innerhalb von Zehntelsekunden verschwanden, stattdessen erhob sich vor Ihnen die Zentralmarkthalle, das Hauptzollamt, der Stadtbahnhof, das Bürgertheater, die Straßenbahn nach Bratislava bereit zur Abfahrt. Das war keine Halluzination, vielmehr Ihr starker Geist, der die Wirklichkeit durchdrang. Er löschte ebenso das Intercontinental aus, die Bettenburg am anderen Ende des Parks, um der Galerie der Moderne Platz zu machen, natürlich von Otto Wagner gebaut, Koloman Moser hatte die Fassaden gestaltet. Sie fuhren weiter, am Eislaufverein vorbei, am Beethovenplatz, Konzerthaus, Akademietheater, dann über den Schwarzenbergplatz weiter zum Karlsplatz, fünfzigtausend Quadratkilometer urbaner Freilichtsalon, eingebettet in Meisterwerke, die Wien ausmachten, die Karlskirche, das Freihaus, die Secession, den Musikverein, das Kaiser-Franz-Josef-Stadtmuseum, Wagners schönstes Geschenk an die Stadt. Erst vor zwei Tagen hatten Sie es eigenhändig eingesetzt. Dieses Privileg hatten Sie sich nicht nehmen lassen. Vienna gloriosa, vollendet.

»Napoleon was always right.«

Solomon erwiderte nichts. Sie lehnten sich zurück. Der Wagen hatte die Wienzeile erreicht. Die via triumphalis der Stadt, ein von märchenhaften Gebäuden gesäumter Boulevard, vom Karlsplatz bis nach Schönbrunn. Fast blieb Ihnen Ihr Herz stehen. Dort am Trottoir. Vor dem Drechsler. Da stand er.

21

Die Frau schien mit den Gedanken ganz woanders zu sein. Hörte ihm nicht mal richtig zu. Sie war längst fertig mit ihm. Wie lang saß er überhaupt schon hier? Er kroch vom Bett und zog sich an. Sie steckte ihm einen Zettel zu.

Er ging in Richtung Naschmarkt, den Klang der Gitarre im Ohr. Bilinskis Gedicht würde einen geilen Song abgeben. Würde den Alten vielleicht noch schärfer machen. Ihn selber wohl auch. *Wien, du alte, kalte Hure … Adolf Hitler, unser Führer.* Immerhin, er hatte gefickt. War höchste Zeit. Die Ex seines Vaters. Hatte was drauf. Er hatte sich wenig anstrengen müssen. Bei Bilinski musste er sich gar nicht anstrengen. Sogar das Gedicht kam wie von selber aus ihm raus. Wie Kotze. Und wenn Bernhard plötzlich um die Ecke gebogen käme? Ach was! Der Typ saß im Bau.

Die Wienzeile, nicht seine Gegend, aber war da nicht …? Er blieb stehen. Ein verkrüppelter Mann lag am Boden. Streckte die Arme nach ihm aus. Er warf ihm den Zettel der Frau hin, ungelesen. Das Drexler, es war doch …? Er stellte sich ans Fenster. Drinnen saßen Leute an ihren Notebooks. Keine Marie über ein Buch gebeugt. Er nahm sein Handy raus, scrollte bis zu ihrem Namen. Vor ein paar Tagen hatte er angerufen, mit unterdrückter Nummer, nur um ihre Stimme zu hören. Hatte sich nicht mehr erinnern können. ›Hello?‹, hatte sie gesagt, und er hatte aufgelegt. Mehr hatte er nicht gewollt. Er wusste jetzt wieder, wie sie klang. Wusste, wie es klang, wenn jemand diese Dinge zu ihm sagte: Dass er sich mit seinem Vater auseinandersetzen müsse. Dass der nicht für ihn da gewesen, so früh gestorben sei. Den Kontakt zur Mutter suchen, ihr mal alles sagen. Aber auch verstehen, dass ihre Situation beschissen war. Verantwortung übernehmen wäre auch nicht schlecht. Für alles, was er getan hatte. Für seine Zukunft. Das also war sie, ihre Stimme. Aber wie war ihr Gesicht? Dort hinten, am Tisch in der Ecke, hatte er ihr gesagt, er würde Zivildienst machen. Komplett abgefahren. Als würde er sagen, er wäre schwanger. Passte nicht. Aber es hatte sich ausgezahlt. Maries Blick. Es hatte sie sprachlos gemacht. Er nahm das Handy raus. Scrollte runter, drückte auf ›Anruf‹, es läutete zweimal, er legte auf. Roch etwas. Süßlichen Rauch. Wärmenden Puffgeruch. Dicke Decken, Tee und Winnie Puh im Fernsehen. Noch ein Blick ins Café. Dann drehte er sich um. Rauch blies ihm ins Gesicht, er blinzelte. Fühlte sich wie mit Eiswasser begossen. Hatte er Bilinski jemals lächeln gesehen?

»Zeit für einen Kaffee?«

Ebenso zum ersten Mal betrachtete er dessen Rücken, als er ihm ins Lokal folgte. Er streckte die Hand aus, zog sie rasch zurück.

»Dort hinten in der Ecke ist es doch nett.«

Er wollte wegrennen. Saß dem Mann gegenüber. Am selben Tisch wie mit Marie früher. »Wie schön es heute ist. Ein herrlicher Frühsommertag. War bei dem kühlen Morgen gar nicht zu erwarten.«

Norbert ließ Zucker in den Kaffee rieseln, rührte um, wollte trinken. Bilinski nahm kopfschüttelnd den Löffel aus der Tasse, dann aus seinem Jackett ein Notizbuch und einen Stift, begann zu schreiben. Norberts Beine zappelten, der Löffel klirrte, fast hätte er den Kaffee umgeschüttet.

Der Mann legte das Schreibzeug weg, trank von seinem Mineralwasser.

»Ich feile an einem Leserbrief. Ich schreibe Leserbriefe, seit Jahren, an die verschiedensten Zeitungen. Ich bin da ziemlich rührig. Manche sagen, ich sei ein Volksheld.«

Diese dünnen Lippen. Diese Halbglatze. Bilinski schrieb weiter. Mit derselben Schrift, in der das Gedicht geschrieben war. Schön. Auf seinen Karten stand nie was. Maries Schrift, krakelig, ihre Karten aus England kaum zu entziffern. Früher, als sie ihm noch geschrieben hatte.

»Kennst du meine Leserbriefe?«

Bilinski stand auf. Norbert kippte fast mit dem Sessel nach hinten. Der Mann kam mit einer *Krone* zurück, legte sie auf den Tisch, schlug sie auf, tippte auf die Seite, mit einem Finger, am Samstag wieder auf Norberts Schwanz, und hinten drin, wie der von Marie.

»Das da! Habe ich geschrieben!«

›Franz Bierheber‹ stand da. Was wollte der Typ? Ihn verarschen, auf die Probe stellen?

»Ich habe gedacht, Ihr Name ist …«

Jetzt war sein Kaffee wirklich ausgeschüttet, Bilinskis Hand über den Tisch gefegt. »Ruhig!«, zischte er.

Aufstehen und gehen. Oder noch einen Kaffee bestellen. Zucker rein, umrühren, Löffel drinnen lassen. Bilinski schrieb weiter.

»Wien du alte, kalte Hure, ich kauerte an deines Grabes Mauer …«

Das saß. Der Alte versuchte weiterzuschreiben. Aber er konnte es nicht mehr. Seine Augen wurden finster. Jetzt nur keinen Fehler machen.

»… da du noch locktest, ein mürbes Goderl dieser Welt …«

Er wurde lauter. Bilinski trank einen Schluck. Ganz klar, der Mann war geladen. Damit hätte er nicht gerechnet.

» … du hurtest hurtig …«

Plötzlich war der Platz leer. Auch sein Mineralwasser hatte Bilinski mitgenommen. War einfach aufgestanden und weggegangen. Was war da jetzt so schlimm gewesen? Er stand ja auf das Gedicht. Und hatte selber Theater gespielt. ›Du bist ihm auf die Nerven gegangen!‹, hatte seine Mutter gesagt. Wann? Egal. Allen ging er auf die Nerven. Er ballte die Fäuste. Die Leute am Nebentisch starrten. Die Zeitung nehmen, bis zum Fernsehprogramm durchblättern, dann wieder zurück. Auf welchem Platz lag eigentlich Rapid?

Als er ging, vorbei an Bilinski, nahm der keine Notiz von ihm. Schrieb immer noch, der Psycho, sollte er doch. Aber seinen Schwanz würde der Alte nicht mehr lutschen.

22

Sie hatte mit ihrer Mutter im Aufenthaltsraum Platz genommen, ihren Besuch angekündigt, wie verlangt. Doch ihre Mutter stierte nun desinteressiert in die Zeitung. Weshalb war sie überhaupt hergekommen? Weder lohnte es sich, von den schlimmen Zuständen zu berichten, die sie seit einiger Zeit frühmorgens quälten, noch vom missglückten Versuch, einen Mann zu treffen. Beides würde der Mutter keine Gefühlsregung entlocken, ganz zu schweigen von den Gedanken an Norbert. Für seine Omi war er so gut wie gestorben.

Das wusste Tamara schon lange, spätestens seit ihrem letzten Besuch. Wie blöd sie gewesen war, den Brief herzuzeigen! Zum zweiten Mal hatte sie den Fehler gemacht, das eine Mal aus Verzweiflung, diesmal aus Freude, beide Male hatte sie es bereut. Francesco für tot erklären, einfach so, wie sie sich darauf hatte einlassen können! Immerhin, es war ein Zeichen von Sorge gewesen, ihrer Mutter war sie nicht völlig egal. Das eigene Kind, den eigenen Enkel vor einem Arschloch zu beschützen, bestimmt war es auch darum gegangen, Sorge, ihre Mutter hatte doch ein Herz. Aber dann, vor ein paar Wochen, als Tamara mit dem anderen Brief hierhergekommen war … Zwischen Rechnungen und Prospekten war er aufgetaucht, sie hatte plötzlich ein Kuvert in der Hand gehalten, ein Kuvert, auf dem ihr Name und ihre Adresse standen, handgeschrieben, die Briefmarke zeigte den Bundespräsidenten. Wer mochte gestorben sein? Ihre Mutter? Dann würde sie es anders erfahren, telefonisch. Oder auch nicht, vielleicht hatte die alte Frau es genau so verfügt. War bereits eingegraben, alles erledigt, und jetzt eine kurze Mitteilung. Auch recht. Würde sie traurig sein? Tamara schüttelte den Kopf. Sich freuen? Das natürlich nicht.

Als sie wenig später die Wohnung aufsperrte, lief es ihr kalt über den Rücken. Es müsste ja gar nicht um die Mutter gehen. Es könnte Norbert etwas passiert … Sie sah sich bereits aufs Fensterbrett steigen, fallen, elf Stockwerke abwärts. Da bliebe nichts von ihr übrig. Wie still es plötzlich war. Sie saß auf der Couch, das Kuvert in der Hand, ihr Herz raste, aber ihr Kopf fühlte sich leicht an. Einfach rausspringen. Wenn Norbert tot wäre, sie müsste sich für niemanden mehr aufheben. Nicht mehr grübeln, bereuen, spekulieren, nicht mehr durchhalten, bis er eines Tages vor der Tür stünde. Es wäre alles klar. In den paar Sekunden des Fallens würde es ihr gut gehen. So gut, dass sie vom Rest nichts mehr mitbekommen würde, und wenn schon, es wäre ein kurzer Schmerz, und dann … endlich Ruhe? Nein. Eine Stunde später war sie immer noch am Leben. Betrat zum ersten Mal seit Ewigkeiten ohne Kopfweh das Altersheim. Die Gänge wirkten diesmal nicht dunkel und eng, vom Geruch verspürte sie keinen Brechreiz, sie freute sich darauf, ihre Mutter zu sehen. Ihr den Brief zu zeigen. Doch kein Ende mit Schrecken. Im Gegenteil. Vielleicht ein neuer Anfang. Jedenfalls etwas, das sie sich lange gewünscht hatte. Einen Brief bekommen, lesen, dass es Norbert gutgehe, er am Leben sei, zu den falschen Freunden von früher keinen Kontakt mehr habe …

»… stell dir vor, er hat sogar Zivildienst gemacht! Hättest du ihm das zugetraut? Und weißt du, wo? In einem Altersheim!«

»Von wem hast du den Brief bekommen?«

»Hab ich dir doch gesagt. Der Mann heißt Robert, anscheinend wohnt Norbert bei ihm …«

»Eine Schwuchtel, die lieber Windeln wechselt, als zum Militär zu gehen. Ein Prachtbursche, den du da hast, kannst richtig stolz sein!«

Tamara hatte den Kopf gesenkt, den Brief gefaltet, eingesteckt, war wortlos gegangen. Vor dem Tod der Mutter hatte sie nicht mehr herkommen wollen. Außer wenn es unbedingt notwendig gewesen wäre …

Aber jetzt war sie da, schon wieder. Kopfschmerzen und Brechreiz. Doch was sonst hätte sie heute machen sollen? Wie der Leere eines langen freien Tages entkommen? In den vergangenen Wochen, Monaten, hatten sich solche Tage weniger bedrückend angefühlt, hatte es eine Art, ja, Hoffnung gegeben. Die Zukunft war wieder ungeschrieben gewesen, hatte noch anderes im Gepäck als die Mindestpension und Hängebrüste – obwohl Tamara sich konkrete Gedanken an ein mögliches … gemeinsames Leben mit ihm stets verbeten hatte. Sogar in den letzten paar Tagen, zwischen seiner Einladung und dem … Es war so peinlich! Das Ganze wäre gar nicht nötig gewesen. Es hätte alles so bleiben können. Es war gut. Schon allein mit seinen Besuchen im Geschäft hatte er sie durch den Alltag getragen, von Woche zu Woche, Samstag für Samstag, mehr hätte sie nicht gebraucht, auch nicht gewollt von ihm … Dieser Mann, dieser seltsame Mann, dessen schlecht verhüllte Arroganz ihr in Wahrheit die ganze Zeit zuwider war … Nein, das stimmte nicht. Das war ihre Mutter, die so sprach. Sie würde nie so über Herrn Ludwig sprechen. Nie würde er ihr zuwider sein. Er hatte sie schlicht auf die richtige Größe zurechtgestutzt. Morgen in der Arbeit, sollte er wieder auftauchen, würde sie sich auch gar nichts anmerken lassen.

»Hat dir dein Prachtbursche jetzt selber einen Brief geschrieben, oder warum bist du gekommen? Kann der überhaupt schreiben?« Die Mutter sah von der Zeitung auf. »In Fünfhaus ist ein erstochener Stricher gefunden worden, kann er das sein?«

Ein Zivildiener schlurfte zum Tisch. Hatte ein hübsches Gesicht, blondes Haar, blaue Augen, wie Norbert. Aus seiner Verachtung für ihre Mutter machte er keinen Hehl. Warum auch nicht? Was sollte ihm passieren? Sie konnte ihm nichts anhaben. Ob Tamara Kaffee und Kuchen wolle? Sie lehnte ab, bemüht um ein freundliches Gesicht. Aber zu spät, der Bursch war schon wieder weg. Und das freundliche Gesicht war eingeschlafen.

»Weißt du«, sagte sie, die Hände ineinander verknotet, »so wie du will ich nie enden …«

»Das wirst du auch nicht. Du wirst vorher verrecken. Wahrscheinlich Krebs, wie dein Großvater.«

Die Mutter machte sich nicht die Mühe, sie anzuschauen. Zum Glück, Tamara hatte bestimmt ein knallrotes Gesicht. So etwas zu sagen, so etwas Schlimmes, zur eigenen Mutter! Wie oft hatte sie sich vorgestellt, genau diese Worte auszusprechen, ›So wie du will ich nie enden!‹, und jetzt hatte sie es getan, es war ihr passiert und fühlte sich an wie … immer. Die Mutter stierte in die Zeitung.

»… und es ist auch deine Schuld, dass Norbert abgehauen ist. Hätte ich ihm damals die Wahrheit über Francesco gesagt …«

»Wäre es genau so gekommen! Ich höre wohl nicht recht?« Jetzt legte die Mutter die Zeitung weg. Sie zog die

Augenbrauen hoch. »Du hättest ja nicht auf mich hören müssen! Hast du vorher auf mich gehört? Hast du auf mich gehört, als ich dir abgeraten habe, mit diesem Itaker überhaupt was anzufangen? Als ich dir geraten habe, den Balg abzutreiben? Geschieht dir ganz recht, dass du dort bist, wo du bist!« Sie hob den Arm, schnippte mit den Fingern, rief quer durch den Aufenthaltsraum in Richtung der Pfleger: »Ich will jetzt noch einen Kuchen!« Wieder zu Tamara: »Es ist eine Schande … «

Aber die Worte prallten an ihr ab. Der Zivildiener schlurfte in die Küche. Zu ihm hinrennen, ihn umarmen! Ja, Norbert umarmen, er war doch ihr Kind! Ihm sagen, dass sie ihn liebhatte, komme, was wolle, genau das hätte sie früher zu ihm sagen sollen. Im Brief von diesem Robert Richter war eine Telefonnummer angegeben, warum hatte sie noch nicht angerufen? Später, immer später, aufgeschoben. Auf den Zeitpunkt, nachdem etwas geschehen wäre – was mit Herrn Ludwig hätte geschehen können. Er hätte neben ihr stehen können, seine Hand auf ihren Schultern, während sie telefonierte, nach all den Jahren die Stimme Norberts gehört hätte. Herr Ludwig hätte ihr raten können, was sie sagen solle, hätte zunächst vielleicht sogar selber mit Norbert reden wollen, von Mann zu Mann, ihn vorbereiten, ›Deine Mama vermisst dich, deine Mama will sich für vieles entschuldigen, deine Mama möchte wieder Teil deines Lebens werden, deine Mama hat dich sehr lieb!‹

Sie schob ihrer Mutter die Zeitung hin. Die alte Frau sagte nichts, senkte den Blick. Der Kuchen wurde gebracht, sie reagierte nicht. Der Zivildiener zwinkerte Tamara zu, schnitt eine Grimasse. Sie musste auflachen, hielt sich sofort den Mund zu.

»Mach's gut, Mutter!«

Als sie das Heim verlassen hatte, hätte sie am liebsten die ganze Welt umarmt.

Tamara ließ sich treiben, rein in den angrenzenden großen Park, frische Luft, sie wollte gehen, gehen! Dann hätte sich die Fahrt hierher wenigstens ausgezahlt, warum war sie an ihrem freien Tag nicht einfach spazieren gegangen? Warum ging sie überhaupt so selten spazieren? Verließ nie ihr Haus am Wienerwald, um mit Norbert kleine Wanderungen zu unternehmen, Francesco, ungestört zuhause, könnte Lieder schreiben, Gitarre spielen, vielleicht sogar kochen, er konnte doch so gut kochen, seine Spaghetti, ein Traum. Nackt war er in der Küche gestanden, wie im Film, war es überhaupt real gewesen? Aber es gab ja Norbert, es musste ihn irgendwo geben, sie hatte diesen Brief bekommen, wo hatte sie ihn nur? Sie blieb stehen und kramte in ihrer Tasche, begann zu lesen, ging weiter, stolperte über eine Wurzel, fing sich auf. Da stand es doch, Norbert war wohlauf, am Leben, real. Und Francesco war sein Vater gewesen, ganz real. Frank Sunday hatte nackt für sie gekocht, danach für sie Gitarre gespielt, später hatte sie die Gitarre zertrümmert, dazwischen ein paar üble Jahre, der Brief aus Indien, doch es war richtig gewesen, die Gitarre zu zertrümmern, das hatte sie auch Norbert ins Ohr geflüstert, ein paar Tage darauf, sie hatten zu Abend gegessen und sie hatte ihm alles erklärt, versucht, es zu erklären, dass sein Vater ein Mistkerl gewesen, ein Arschloch, es war ganz richtig, die Gitarre zu zertrümmern, Herr Ludwig würde ihr doch recht geben? Würde Herr Ludwig mit ihr Karussell fahren? Auf jenem dort drüben, sie selber würde auf dem Einhorn reiten, sich an dessen Hals schmiegen, Herr Ludwig vielleicht im Flugzeug? Der Böhmische Prater, wie war sie so schnell hierhergekommen?

Früher, ganz früher, war sie ein paar Mal hier gewesen, mit Norbert, um Autodrom zu fahren oder ein Kasperletheater anzuschauen. Danach waren sie meistens Hand in Hand zur Straßenbahn gegangen, Norbert aufgekratzt, fröhlich, er sprang herum und trällerte irgendwelche Melodien. ›Morgen wieder, Mama? Morgen wieder, ja?‹ Nein, morgen müsse sie arbeiten, aber vielleicht im nächsten Monat, mal schauen, so oft könne sie sich das nicht leisten. Norbert hatte dann geschmollt, nur kurz jedoch, bald kicherte er wieder, etwa über den Kasperl, wie der dem Krokodil eins mit dem Nudelwalker drübergezogen hatte, ›Hast du das gesehen, Mama, das war so lustig!‹ Nur dieses eine Mal nicht. Da war die Omi mitgekommen. Dort im Gastgarten waren sie gesessen. Norbert war sein Schnitzel auf den Schoß gerutscht, und die Omi hatte ihm eine geschmiert. Er war in sich zusammengesackt, lautlos, bloß seine Schultern hoben und senkten sich. Und sie? Hatte nichts gemacht. Nicht reagiert. Jahre später genauso. Sie hatte nicht reagiert. Stand in seinem Zimmer, unter den kämpfenden Wehrmachtssoldaten, er vor ihr, bereits größer als sie. Hatte sein T-Shirt hochgezogen. ›Das heißt ›Heil Hitler‹. Schlampen wie du wären früher ins KZ gekommen!‹ Sie hatte nicht reagiert. Ihm keine geschmiert, nicht einmal getobt, sie hatte überhaupt nichts gesagt. War einfach aus dem Zimmer gegangen. Sich nicht provozieren lassen, das war ihr Leitsatz gewesen. Sonst würde sie ihn nur noch weiter anstacheln. In Wahrheit war ihr schlicht klargeworden, dass sie chancenlos war. Angst vor ihm hatte. Vor ihrem eigenen Sohn, warum bloß? Warum hasste er sie? Immer noch wegen Rupert? Wegen der Gitarre? Es war richtig gewesen, sie zu zertrümmern. Als wäre ihr das leicht gefallen! Er hätte ja auch Mitleid haben können mit ihr. Mit seiner Mama. Wie sie sich sorgte, all die schlaflosen Nächte. Die Angst, ihm könnte etwas zustoßen, er würde etwas anstellen … Sie hätte es Norbert sagen müssen. Viel zu wenig hatte sie ihm gesagt. Ihm stattdessen Geld gegeben, immer wieder, bis zuletzt. Als ob ihn das beschützen könnte. Als wäre er in der Lage gewesen, zu begreifen, was sie damit bezwecken wollte: dass er sich ordentliche Kleidung kaufte, sich pflegte, anständig aß, wenn er schon kaum noch daheim war. Kein Betrieb würde ihn nehmen, wenn er so einen verwahrlosten Eindruck machte, und erst recht nicht mit dieser Glatze, was hatte ihn denn an seinen Haaren gestört? Was gefiel ihm an diesem Bernhard? Der war doch ein Rüpel, Norbert nicht, im Gegenteil, er war doch früher so gern im Böhmischen Prater gewesen, seine leuchtenden Augen, wenn er den Kater streichelte, und was hatte er plötzlich gegen Türken? Früher hatte er mit ihnen sogar Fußball gespielt, er hatte sich doch immer gut mit ihnen verstanden …

Sie stand jetzt direkt vor dem Karussell. Es drehte sich, obwohl kein Mensch darauf Platz genommen hatte. Weder auf dem Einhorn noch im Flugzeug. Der Brief in ihrer Hand war vom Schweiß feucht geworden. Sie gab ihn zurück in die Tasche, nahm ihr Handy raus.

»Hallo? Ja, hier ist Tamara Bauer, die Mutter von Norbert … Sie haben mir diesen Brief geschrieben … Nein, er ist nicht bei mir, wieso sollte er bei mir sein? … Nein, er hat mich auch nicht angerufen … Verschwunden? … Ich weiß nicht … Sie kennen ihn besser … Ich wollte mich nur einmal melden, weil, also, das ist jetzt … Ein Treffen? … Ja … Vielleicht morgen nach der Arbeit, also … Glauben Sie? … Also um drei? … Gut, ist in Ordnung, mache ich, und … danke für alles, ich meine … Ja, ist gut, ich … freue mich auch.«

23

Woher war diese Fliege gekommen? Im fensterlosen Arbeitszimmer. Es war lediglich von der Bibliothek her zugänglich, auch dort gab es keine Fenster, zudem war es spartanisch eingerichtet, steril, ohne Lockstoffe. Ein Schreibtisch aus dunkler Nuss, eine aus dem Salon der Zuckerkandl stammende Chaiselongue. Was hatte eine Fliege hier verloren, selbst bei ausgeprägtem Kunstgeschmack? Die einzige Wanddekoration war das Diorama einer Triester Hafenszene, ausgerechnet auf einem Flohmarkt in Buenos Aires erstanden, nichts Außergewöhnliches; nichts, wovon Facettenaugen satt würden. Wo war dieses aufdringliche Insekt hin? Ah!

Endlich. Es war still. Still genug. Das strapaziöse Summen vorbei. Die Spuren der Tat nicht zu sehen, die schwarzen Flecken auf den Kuppen Ihres rechten Zeigefingers und Daumens. Ihre Hände schwebten über der glänzenden Tastatur des Notebooks, sauber und bezaubernd. Und wie lang Ihnen Ihre Finger heute erschienen. Stille also. Jeder Muskel angespannt. Fokussiert. Hic Rhodus, hic salta! Sie setzten das Werk klackernd in Bewegung:

Sehr geehrter Herr Herausgeber!
Anbei, wie vereinbart, mein Beitrag für die Sonntagsausgabe.
Vielen Dank für die hervorragende Zusammenarbeit.
Hochachtungsvoll,
Ihr
Franz Bierheber.

Sie schickten ab, lehnten sich zurück, rieben Zeigefinger und Daumen aneinander. Die Reste der Fliege bröselten auf das Parkett. Sie schufen Wirklichkeit mit Ihren Händen, wie Meister Walter. Nicht bloß für die Fliege oder für sich selbst, Ihr Schaffen würde die ganze Menschheit berühren, niemanden kalt lassen. Ihr Blick wanderte zum Bild. Die Schiffe verließen den Hafen. Bejubelt vom Volk, doch war dieser Aufbruch bloß ein Präludium für den Sonntag, für übermorgen, wenn die ›SMS Teggethoff‹ an der Spitze der Armada, Sie am Galion, das Ziel erreichen würde! Vienna gloriosa! Alle Niederlagen hinter sich lassen! Aus Asche auferstehen! Handstreichartig würden Sie sich an die Spitze einer revolutionären Bewegung katapultieren …

Die Türglocke schrillte provokatorisch. Sie klappten das Notebook zu. Am Weg durch die Wohnung verloren Sie sich in einem gezeichneten Porträt Ihrer Großmama, voller Sehnsucht, sich wabernd an ihren Leib zu schmiegen, von runden Armen beschützt … Die Glocke läutete bereits zum dritten oder vierten Mal. Sie hätten sie längst entfernen lassen müssen.

Sie sahen durch den Spion. Ein Mann stand im Hausflur. Sein Gesicht schien Ihnen bekannt, Sie konnten sich jedoch nicht erinnern. Auch dann nicht, als Sie die Tür öffneten und ihn skeptisch betrachteten. Er war schlank, nahezu mager, hatte langes, schwarzes Haar und ein ernstes, abgeklärtes, allerdings nicht verhärmtes Gesicht. Er trug ein kurzärmeliges Karo-Hemd und knielange Jeans, in denen seine Prothese deutlich zu erkennen war. Insgesamt eine mehr als verlotterte Erscheinung.

Der Mann stellte sich vor, sein Name war Ihnen fremd. Er sei gekommen, um über Norbert Bauer zu sprechen, einen

Freund von ihm. Ob Sie sich vielleicht erinnern könnten. Sie hätten einander schon einmal gesehen, im letzten Winter am Schwedenplatz. Da sei Norbert Bauer zu Ihnen ins Taxi gestiegen.

»Ich kenne keinen Norbert Bauer.«

Der Mann sagte, er wolle keine Zeit mit Spielchen verschwenden. Es würde ihm einzig und allein darum gehen, Norbert Bauer zu finden, der sei nämlich verschwunden und auch telefonisch nicht zu erreichen. Was an sich keine Tragödie wäre, würde Norbert Bauer sich nicht in labiler psychischer Verfassung befinden, die nicht zuletzt mit Ihnen zu tun habe. Denn jene Treffen in der Opera Toilet – selbstverständlich wisse der Mann davon – setzten Norbert Bauer einigermaßen zu.

»Ich kenne ihn nicht!«

Er verstehe, meinte der Mann. Verstehe, dass es Ihnen nicht leichtfalle, über diese Sache zu sprechen. Doch bräuchten Sie sich nicht zu schämen, er habe in seinem Leben weit Ärgeres angestellt, nichts Menschliches sei ihm fremd. Auch würde er sich nicht in eine derartige Beziehung einmischen, wenn ihm die Umstände eine andere Wahl ließen. Er wiederholte, dass er sich um Norbert Bauer sorge, verhindern wolle, dass diesem etwas zustoße. Sie müssten nämlich zugeben, er sei ein besonderer Mensch, einer, um den es schade wäre. Wenn er sich also wirklich nicht bei Ihnen …

Es war nicht zu fassen. Nichtsdestoweniger galt es, Contenance zu bewahren. Franz Bierheber. Wie würde er mit der Situation umgehen? Der Fremde, der da frech in seiner Tür stand und ihn mit vorgeblichen Fakten belästigte, mit einem Sachverhalt, der nicht in seinen Zuständigkeitsbereich fiel, war zweifelsohne drogensüchtig oder kriminell, wahrscheinlich beides, was aber nicht verwundern konnte in chaotischen Zeiten wie diesen. So weit war es gekommen, dank einer Regierung von feigen Speichelleckern, dass derart kümmerliche Subjekte die Nachbarschaft terrorisierten und an die Tür rechtschaffener Bürger klopften. Diese durch herbeifantasierte Vorhaltungen in ihrer Ehre beleidigten, sogar unverhohlen bedrohten! Es war entsetzlich! Das war Österreich! Jahrzehntelang hatte man im Schweiße seines Angesichts geschuftet, das meiste seines wohlverdienten Einkommens sowieso dem Fiskus überlassen, der es wiederum arbeitsscheuem Gesindel in den Rachen warf; und nun wollte man sich in der Pension ein klein bisschen Ruhe gönnen, sich daran erfreuen, was man aufgebaut hatte, vielleicht dem einen oder anderen Hobby nachgehen, ein gutes Buch lesen, seine Bonsais pflegen – und dann musste man sich so etwas bieten lassen! O tempora, o mores! Das musste ein Komplott der vereinigten linkslinken Jagdgesellschaft sein! Ein letzter Anschlagversuch! Natürlich, was sonst! Seit Jahren schon wandten diese Herrschaften all ihre Energie auf, um ihn, den Publizisten Franz Bierheber, mundtot zu machen. Das war ihr einziges Sinnen und Streben, das allein hielt sie zusammen, Caritas und Moslems, die Schickeria und die sogenannten Qualitätszeitungen. Und jetzt schlug sie zu, diese feige Meute, mit letzter, drogenverseuchter Kraft, und zwar, wie ausgesprochen perfide, zwei Tage vor seinem allumfassenden, endgültigen Triumph; um ihm seine Leistungen auf widerlich degenerierte Art zu vergelten, sich zu guter Letzt als jene Neider bloßzustellen, als die er sie von Anfang an durchschaut hatte. Schon recht. Schon recht. Fraglos war seine Bilanz für solch kulturlose, heimathassende Zecken kaum zu ertragen: Minister hatte er zu Fall gebracht, Wahlen beeinflusst, er hatte für strenge Ausländergesetze gesorgt und summa summarum dem Abendland wieder eine Stimme gegeben, eine unerbittliche Stimme, frei vom Krächzen politischer Korrektheit. Gegen den Verfall der Werte und Sitten, gegen janusköpfige Radikale, die sich mit erpresserischen Rehaugen in die Gesellschaft einschlichen, um ihr nach und nach die Wurzeln auszureißen, unter dem Applaus dummer Gutmenschen. Aber Franz Bierheber war standhaft geblieben, war nie, auch nicht unter den niederträchtigsten Anschüttungen seiner Feinde, in die Knie gegangen, war nicht müde geworden, die historische Bedeutung seiner Stadt und seines Landes zu betonen, zu beschwören, ohne Kleinmut der Tragödie seines gedemütigten Volkes Ausdruck zu verleihen, das von aller Welt verraten und getäuscht worden war, um die eigene Geschichte betrogen, und nun schnurstracks auf die Selbstaufgabe zusteuerte …

»Wenn also Norbert wirklich nicht hier ist«, sagte der Camouflagierte, »vielleicht meldet er sich ja bei Ihnen. Und falls Sie ihn morgen treffen, richten Sie ihm aus, dass er mich anrufen soll. Und … behandeln Sie ihn gut!«

Was für eine untergriffige Aussage! Das grenzte an Verhetzung! Nichtsdestotrotz würde Franz Bierheber weiterhin besonnen bleiben. Sich nicht provozieren lassen. Seine kostbare Empörung nicht zwischen Tür und Angel vergießen, wo er doch ganz andere Möglichkeiten hatte. Ein drittes Mal erklärten Sie, dass Sie Norbert Bauer nicht kannten. Allerdings, würden Sie ihn kennen – das sagten Sie nicht, denn was ging es den Fremden an? –, Sie würden ihn außerordentlich gut behandeln, schließlich behandelten Sie jeden Menschen gut, waren aus Prinzip der Menschenfreund schlechthin. Zudem selbst ein Mensch, jedoch vom Aussterben bedroht, weil Sie noch wussten, was sich gehörte, wie Franz Bierheber. Denn auch er war niemand, der trickste, schmierte und verschwendete. Er warf keinen Müll auf die Straße, hörte nicht lautstark orientalische Katzenmusik in der Tramway, spuckte nicht immer und überall aus, machte keinen Lärm bis spät in die Nacht, verstellte anderen Passanten nicht den Weg am Trottoir. Er war innerlich und äußerlich gepflegt, stets ordentlich gekleidet, würde sich schämen, in so billigem Aufzug nach draußen zu gehen, wie er mittlerweile die Straßen prägte, welche ihrerseits zu einer abgewrackten Aneinanderreihung von Handygeschäften, Türkenrestaurants, Wettcafés und Frisiersalons verkommen waren. Ohnedies war die schwer gezeichnete Wienerstadt zu anatolischer Provinz …

Der *Walkürenritt* erklang, hartnäckig und dringlich. Ach ja, jener Mann, er stand immer noch vor Ihnen. Sie seien untröstlich, könnten ihm aber beim besten Willen nicht helfen. Sagten dies mit versöhnlicher Stimme, immerhin war nicht nur Franz Bierheber ein in der Tat höflicher Mann. Der Anschlagversuch der Parasitären war sowieso gescheitert. Man könnte direkt Mitleid bekommen. Die Vorbereitungen waren zu weit fortgeschritten. Der Mann sah Sie ein letztes Mal beschwörend an, schien sich jedoch der Zwecklosigkeit seines Auftritts bewusst geworden zu sein und begab sich mit schwerfälligen Schritten zum Lift.

Sie wiederum schlurften von Wagner begleitet in das Wohnzimmer. Fanden das Handy, zu spät jedoch, um den Anruf entgegenzunehmen. Nummer wurde keine angezeigt. Sie gingen in das Schlafzimmer. Dort war es kühl. Sie legten sich in das Bett, zogen die Decke über den Kopf.

Jäh fühlten Sie die Leere rundum. In Ihrer Wohnung nichts als Gespenster. Wer mochte der Anrufer gewesen sein? Vielleicht Frau Tamara, was würden Sie zu ihr sagen? Wie würden Sie sich erklären? Wie hätten Sie ihr all das je erklären können? Dabei, hätte Sie jemand gefragt, Sie wären ins Schwärmen gekommen; über das gescheitelte blonde Haar mit den vereinzelten grauen Strähnen; die reinen, ein wenig traurigen Augen, die plötzlich strahlten, als Sie die Einladung ausgesprochen hatten; den Körper mit seinen weiblichen, so selten gewordenen Rundungen, den zu umarmen Sie sich so lange gewünscht hatten, dessen Makel, so lässlich sie auch waren, Sie vom ersten Anblick an berührten. Wärmend müsste es sein, ihn an sich zu drücken, weich, wie in einem gefütterten Kokon, der das Toben und Heischen der Welt, die Gier und den Neid der Menschen, die Selbstsucht und Missbildung Ihrer Klasse nicht durchdringen ließ. Reine menschliche Gegenwart. Ein unverschmutztes Herz. Und Sie? Hatten sie fallen gelassen. Liegen gelassen. Unter den Augen Luegers war sie gestürzt. Sie meinten, Wirklichkeit zu erschaffen, die Welt in Ihren Händen zu halten, doch in Wahrheit waren Sie machtlos. Das Rad der Zeit zurückzudrehen, es war Ihnen nicht möglich, vierundzwanzig Stunden, denen nicht mehr beizukommen war. Wären Sie ein anderer gewesen, lächerliche vierundzwanzig Stunden zuvor, Ihre Seele wäre in diesem Moment befreit! Sie könnte jetzt neben Ihnen liegen, würde von Ihnen liebkost werden, gedrückt, gestreichelt, wann war sie zuletzt wohl gestreichelt worden?

Dieser Gedanke schnürte Ihren Hals zu. Sie schlugen mit den Fäusten auf die Matratze. Solomon! Er müsste sofort anhalten! Damit Sie rausspringen könnten aus dem Wagen, zu ihr hinlaufen, ihr aufhelfen, es war alles gut, Sie waren ja da! Sie hatten sich lediglich etwas verspätet, es tat Ihnen so leid, der dumme Brandner, diese kindische Demonstration, der Polizeieinsatz, aber jetzt waren Sie ja da, geleiteten die aufgelöste Frau zu einer Bank unter der Platane, in den Schatten, in die Kühle, es war alles gut, niemand würde sie je wieder verletzen, kränken, respektlos behandeln. ›Setzen Sie sich doch! Haben Sie sich wehgetan? Wie schön Ihr Haar ist! Hier, nehmen Sie ein Taschentuch! Aber nein, es muss Ihnen überhaupt nicht peinlich sein! Verdecken Sie doch nicht Ihr Gesicht, schauen Sie mich an! Ich bitte Sie! Sie sind so wunderschön. So rein. Ihr Herz, Ihre Hände, Ihre Augen! Ich möchte Ihre Augen sehen, ich bitte Sie! Ich möchte Ihre Tränen wegküssen, ja, ist ja gut, ich bin für Sie da, ich werde immer für Sie da sein, ich werde Sie beschützen, Sie müssen sich keine Sorgen mehr machen! Nie wieder müssen Sie sich Sorgen machen! Sie sind der einzige Mensch, wirklich, der einzige Mensch, an dem mir etwas liegt! Frau Tamara, ich … ich … ich …‹

24

Zuerst war da nur ein Flimmern. Vor ein paar Wochen zum ersten Mal. Es begann gegen drei Uhr morgens, immer dann, wenn sie Frühdienst hatte. In der Arbeit wurde sie empfindlicher. Begann zu schluchzen, wenn jemand sie kritisierte. Kunden, Kolleginnen, die Filialleiterin. Hatten die alle vergessen, dass sie nicht mehr die Jüngste war? Merkte denn keiner, dass es vor allem den Kolleginnen bloß darum ging, sie hinauszuekeln, weil sie die beste Mitarbeiterin war, mit der Filialleiterin per Du, weil der Chef sie schätzte? Die Tränen schützten sie – wer würde schon mit einem schluchzenden Menschen hart ins Gericht gehen? Sie ahnte es. Denn hinter dem Flimmern lauerten Bilder, schmerzvolle, dunkle Bilder, niemand würde solche Bilder sehen wollen. Die Filialleiterin überreichte ihr eine schriftliche Verwarnung, die erste in ihrem Leben. Sie könne doch nicht eine Kundin anbrüllen mitten im Geschäft! Das schade dem Betrieb, seinem Image und letztlich ihr selber! Und dieses Flennen helfe nun niemandem weiter, sie müsse sich zusammenreißen – oder die Konsequenzen tragen. Diese bekam sie auch zu spüren. Zwei Tage, nachdem Herr Ludwig sie versetzt hatte. Ausgerechnet am Samstag! Sie schaffte es nicht mehr, den Wecker abzustellen. Das Flimmern war konkret geworden. Ihre Arme waren wie gelähmt, ihre Lippen schwollen an, tausende Ameisen krabbelten in ihre Nase, in ihren Rachen, ihr Hals blähte sich auf. Der Wecker schrillte immer lauter, sie bekam keine Luft mehr, noch mehr Ameisen drangen in sie ein. Sie würde sterben und konnte nicht einmal schreien. Spürte einen

Fußtritt in die Magengrube, einen Faustschlag ins Gesicht. Nein, sie starb nicht, das wäre zu einfach. Der Kater sprang aufs Bett und sah sie schnurrend an. Eine Hand hielt ihr den Mund zu, sie roch nach Motoröl. Sie verdrehte die Augen, um den Kater zu sehen. Er war ein so schönes Tier, sein rötliches Fell, sein schlanker Körper, die langen Beine. Er kam auf sie zu und schleckte ihr das Gesicht ab, die Tränen, den Geruch des Motoröls, die Ameisen. Seine Zunge fühlte sich gar nicht rau an, vielmehr samtig. Sie spürte ein Kitzeln auf der Wange, dann am Kinn, fühlte das Blut durch ihren Körper strömen. Die Ameisen in ihrem Rachen lösten sich auf wie Zuckerwatte. Sie schnappte nach Luft, konnte wieder schlucken, der Wecker schrillte immer noch. Übertönt vom Schnurren des Katers, der auf ihrer Brust saß und sie ansah. Mit zitternder Hand stellte sie den Wecker ab, mit der anderen streichelte sie das Tier. Ein paar Minuten lang, dann rappelte sie sich auf.

Sie setzte sich ins Wohnzimmer, ohne Licht zu machen. Hatte den Kater im Schoß, rief mit pochendem Herzen die Filialleiterin an. Zum ersten Mal seit ihrer Lehrzeit würde sie sich krank melden. Übelkeit und Erbrechen, nichts Ungewöhnliches. Es sei natürlich sehr kurzfristig, das würde sie sagen. Sie musste kein schlechtes Gewissen haben. Ihre Kolleginnen machten das ständig. Wenn es allerdings nicht anders gehe, die Filialleiterin keinen Ersatz fände und nicht selber den Dienst übernehmen könne, dann, ja dann würde sie schon irgendwie, keine Frage … Aber das war nicht nötig. »Ruh dich aus, es ist kein Problem!«, sagte die Filialleiterin und klang dabei sehr verständnisvoll.

Doch das hatte Tamara nicht vor. Zum Ausruhen hatte sie keine Zeit. Das sagte sie auch dem Spitalsarzt, dem sie später gegenübersaß. Sie redete unkontrolliert, ohne Hemmungen, als berichtete sie von einer fremden Person. Was sie vermutete, was sie wusste, vor allem, was sie wollte: Tabletten, egal welche. Sie sollten nur jene Bilder zum Verschwinden bringen, jene Bilder und die Angst davor. Solche Tabletten gab es. Manche der Kolleginnen schluckten sie, sogar die Filialleiterin, jetzt wollte auch sie diese Tabletten haben, sie hatte sie verdient, diese Sache um drei Uhr morgens war kein Spaß! Ihre Gereiztheit in der Arbeit, das könnte sie ihren Job kosten – wenn es nicht bereits passiert war … Die Filialleiterin, so verständnisvoll, und das am frühen Morgen, als würde Tamara gar nicht gebraucht! Als wäre die Kündigung bereits beschlossene Sache! Sie wollte diese Tabletten, unbedingt! Sie dürfe ihren Job nicht verlieren! Doch der Arzt schien das nicht zu begreifen. Wie stellte er sich das vor, eine Therapie zu machen? Sie brauchte keine Therapie, sie brauchte Tabletten, sie hatte keine Zeit für eine Therapie! Der Arzt ließ nicht locker. Es sei natürlich eine Überwindung, aber es müsse doch möglich sein, dass … Es gebe auch Zuschüsse von der Krankenkasse, falls es um die Kosten gehe. Oder sei es etwa ein Zeitproblem? Habe sie vielleicht noch Kinder zuhause oder müsse sie ihre Eltern pflegen oder … Sie konnte nicht mehr zuhören. Begann von einem Moment auf den anderen zu heulen. Richtig zu heulen, nicht bloß zu schluchzen wie in der Arbeit. Zum ersten Mal seit Jahren, seit Norbert sie verlassen hatte, ein ungehemmter Schwall Tränen. Minutenlang, wie ihr schien, bis sie ein komisches Bild vor Augen hatte: der Kater, der mit dem Schlecken gar nicht mehr nachkam. Er wäre ja tatsächlich heillos überfordert. Sie begann zu kichern. Und deswegen war sie auch so fett geworden! Sie hatte all diese Tränen horten müssen! All die Tränen, die ihr immer noch übers Gesicht strömten, die sie mit einem Taschentuch, das ihr der Arzt gab, wegwischte. Doch dann nahm das Kichern überhand, irgendwann hörte sie zu weinen auf.

Sie verließ das Spital, in der Tasche ein Rezept und die Adresse eines Fachmanns. Beides würde sie nicht brauchen. Was sie brauchte, war ihre Arbeit. Richtig, sie musste sich zusammenreißen. Sie hatte sich einfach gehen lassen in letzter Zeit. Herr Ludwig, was hatte sie sich dabei gedacht? Eine Hochzeit in der Karibik, brauchte sie solchen Kitsch? Die Vormittagssonne strahlte. Es war fast zehn, er würde das Geschäft bereits verlassen haben. Sie schüttelte sich durch. Fühlte sich schlank, leicht, schwerelos, wie eine Eiskunstläuferin. Der Mann wollte sie nicht. War bloß ein Kunde. Aber Norbert. Ihr Kind. Um ihn ging es.

Am Sonntag um drei war es wieder da: ein Treten, ein Würgen, der Geruch von Motoröl. Doch sie stellte den Wecker ab, knipste das Licht an, stieg aus dem Bett. Stapfte in die Küche, fütterte den Kater, schaltete die Kaffeemaschine ein, drehte die Stereoanlage laut genug auf, um die Musik auch im Badezimmer zu hören. *MANOWAR*, sie hatte die CD noch am Abend rausgesucht. *Three sons have I and they ride by my side / The fierce, the black, the wicked are their names …* Sie streichelte den Kater, zog die Wohnungstür hinter sich zu, auf den Fußmatten am Flur lagen noch nicht einmal die Zeitungen … *We ride down my enemies on their half-hearted flight / No voice of mercy, no evangels of light …* Sie sah auf den Plattenbau, den sie ›Wohnpark‹ nannten, bis die erste Straßenbahn kam … *I ride through the air, I laugh as I die / With power of evel, dark knowledge is mine* ... Sie stieg aus, überquerte den Gürtel, ließ das Gezänk von Junkies und Obdachlosen hinter sich, betrat die frisch geputzte Halle des Westbahnhofs ... *The ride oft the wicked, the first sin was trust / Kill without warning, for blood now I lust* ... Dann war sie endlich im Geschäft, alleine, um zehn nach vier, knapp zwei Stunden, bevor geöffnet wurde, mindestens acht Stunden vor der möglichen Visite des Chefs. Jetzt hörte sie den Song nicht mehr, war Ruhe. Nur das Surren des Getränkeautomaten, ein menschenleeres Geschäft, ihr Reich, tausende Zeitschriften. Die sie nie wieder im Stich lassen würde, allein mit den dummen Kolleginnen, den arroganten Kunden.

Sie wollte sich gerade umziehen, als es an die Glasscheibe klopfte. Draußen stand ein Mann, am Kopf eine Schirmmütze, tief ins Gesicht gezogen. Manchmal könnte man meinen, es gäbe nur noch Verrückte. Sie zeigte dem Mann den Vogel. Er nahm die Mütze ab.

25

Die Rolltreppe spülte immer wieder ein Häuflein Touristen in die Passage, direkt vor das Portal der Opera Toilet Vienna. Aus gut versteckten Lautsprechern tönte der Donauwalzer in Endlosschleife, lud in eine aus Demel- und Looskitsch zusammengeleimte Bedürfnisanstalt ein. Wer gerade nicht musste, ließ sich vor dem Eingang fotografieren. Zuhause dann, vielleicht: In Wien uriniert man sogar zu Strauß. Sie rauchten noch einen Zigarillo.

Zehn Minuten vor elf gingen Sie durch das Drehkreuz. Der Donauwalzer wurde laut, viel zu laut, er tat Ihren Ohren weh, entsetzlich! Als ob Musik diesen Geruch kaschieren könnte: billiges Putzmittel, billiges Eau de Toilette, die Schnapsfahne der Klofrau, menschliche Ausdünstungen. Bedauernswerte Touristen! Wie enttäuscht sie sein müssten, statt der zu erwartenden charmanten Synthese aus Musiktheater und Abort eine bizarre Toilettenanlage vorzufinden, eine geschmacklose Behauptung. Aber so war die ganze Stadt, unfähig zur Selbstironie, würdelos in der Selbstdarstellung, inkonsequent darin, einen Gedanken zu Ende zu führen.

Dennoch, es war Ihr Wille, Ihr erotisches Königreich, eingefettet mit viel zu süßer Creme aus der Musikkonditorei des obersten k. und k. Kitschkomponisten: Die Attrappe eines schwarzen Klaviers, eine dunkelhäutige Pianistenpuppe saß am Schemel. Von der Decke hingen Luster, die wohl an das Pariser Moulin Rouge erinnern sollten. An den Wänden wiederum Bilder mit Szenen mondäner New Yorker Bars, immerhin alte Wiener Opernplakate dazwischen, außerdem Spiegel in verschnörkelten goldfarbenen Rahmen. Sie erleichterten sich in einen roten, dicklippigen Frauenmund, das Urinal, konfrontierten sich mit Ihrer Visage. Ihrer glattrasierten, aschgrauen Haut, den von den Mundwinkeln abwärts führenden Furchen. Sie hatten dieses Ambiente bislang amüsant gefunden, seine Ästhetik des Hässlichen geschätzt, doch heute …

Sie hörten Schritte, knöpften rasch die Hose zu. Die Klofrau machte aus ihrer Verachtung für Sie wie üblich keinen Hehl, ebenso wenig konnte sie ihren Stolz darüber verbergen, als Aufseherin dieser Einrichtung aufzutreten; dass Sie ihr nun fünfzig Euro in die Hand drückten. Wie größenwahnsinnig! Als wäre diese Toilettenanlage das Sacher. Sie sollte demütig sein. Es war einzig und allein Ihre Privatsache hier. Jede Toilette der Stadt hätten Sie haben können, das Sacher sowieso. Dass Sie diesen Ort aufsuchten, berechtigte die Klofrau zu keinem Stolz. Es hatte nichts mit ihr zu tun. Das hätten Sie ihr schon längst einmal sagen müssen.

Sie begaben sich zu den Kabinen, betraten jene, auf der in Art-Decó-Schrift LOGE 5 stand. Verriegelten die Tür, klappten den Klodeckel herunter, setzten sich. Beschallt von Geigengeschmiere warteten Sie auf das Klopfen Norbert Bauers.

Beim ersten Mal hatten Sie die Loge noch gemeinsam betreten. Um zu vermeiden, versetzt zu werden, auf einem Quadratmeter dem Donauwalzer ausgeliefert, das Ambiente wäre für alle Zeit von Enttäuschung geprägt. Nicht mehr zu gebrauchen, hätten Sie je wieder einen ähnlich passenden Jüngling gefunden, wie jenen, der tatsächlich auf Sie gewartet hatte, Kärntner, Ecke Ring, Ihnen in die Passage gefolgt war. Dieses Bauchkribbeln, als er kurz nach Ihnen das Drehkreuz passierte! Wenn er Sie bloß nicht enttäuschte! Das machte er nicht. Dass Ihr erstes Mal dennoch nicht reibungslos vonstatten ging, hatten Sie selbst verschuldet. Weil Sie es nicht für nötig befunden hatten, die Klofrau einzuweihen. Nach etwa zehn Minuten, die Sache verlief erfreulich gut, Sie hatten mit Norbert Bauer nicht einmal ein weiteres Wort wechseln müssen, hörten Sie plötzlich, dass die Kabinentüren der Reihe nach geöffnet wurden: eins … zwei … Sie ahnten, was passieren würde. Aber diese kräftigen Finger auf Ihrem Scheitel kreisend, dieses verschämte Stöhnen im Dreivierteltakt, der schöne, pralle, glänzende … bald wäre es so weit! Ach bitte, liebe Großmama, er dürfte nicht versagen! Er presste die Handflächen an Ihre Schläfen, bedeckte Ihre Ohren, der Donauwalzer, die Schritte draußen, gedämpft und weit weg, zu hören war nur mehr seine Stimme, Sie schlossen die Augen, seine Stimme, jugendlich, männlich und stark, keuchend versprach sie süße Träume, wob den Schatten der alten Kaiserin über Ihren gealterten Knabenkörper, er enttäuschte Sie nicht: *»Wien, du alte, kalte Hure, ich kauerte an deines Grabes Mauer / Da du noch locktest, ein mürbes Goderl dieser Welt. / Du hurtest hurtig mit Hurradämonen / Kriegsüber siegerischen Drohnen / Nun hungernd unkst du unter deiner Laster Last / Du hast …«* Er kam heftig, Sie lehnten sich zurück, die Logentüre wurde geöffnet, ebenso Ihre Augen, die Klofrau stand vor Ihnen, das Entsetzen war ihr ins Gesicht geschrieben. *»… dein Reich verprasst.«* Sie stieß ein schrilles Kreischen aus, »Schweine!«, schlug die Tür zu, Sie lachten auf, klatschten in die Hände. »Wunderbar! Wunderbar!« Norbert Bauer wiederum sammelte sich rasch, starrte Sie verständnislos an: »Hören Sie das nicht? Die Alte ruft die Polizei an! Die Polizei, Sie Perversling!« Er zog sich die Hosen rauf, stieß die Logentüre auf und rannte davon, Geldscheine und eine alte Ansichtskarte in der Tasche. Diese hatten Sie ihm heimlich zugesteckt.

Sie rissen ein paar Streifen Klopapier ab, verärgert über die unnötige Aufregung, über das abrupte Ende. Aus Angst vor der Polizei – das hätten Sie ihm gar nicht zugetraut. Es hatte so wunderbar funktioniert! Ja, er hatte etwas geleiert, nicht alle Betonungen richtig gesetzt, doch fürs erste Mal … Sie könnten mehr als zufrieden sein. Sie schlüpften in Hemd und Mantel, gingen nach draußen, wo Sie von der Klofrau mit einem Wischmopp in der Hand erwartet wurden. Sie versuchte den Stiel in Ihren Bauch zu bohren, eigentliches Ziel war wohl Ihr Intimbereich. Es gelang Ihnen, während dieses kleinen Tanzes einen Geldschein aus der Manteltasche zu ziehen und der Klofrau hinzuhalten. Sie waren nicht überrascht, wie bereitwillig sie den Wischmopp zurückzog und den Fünfziger an sich riss.

»Und jetzt raus! Perverses Schwein!«

Daran jedoch war keinesfalls zu denken, diese Örtlichkeit war perfekt; nirgendwo sonst würde Ihnen Vergleichbares geboten, Strauß, Loos, Demel … Den Jüngling würden Sie zweifellos halten, es war bloß der erste Schock gewesen, eigentlich verständlich, doch bei großzügigerer Bezahlung würde er sein Engagement verlängern. Es hatte ihm außerdem gefallen, das war nicht zu überhören gewesen. Die Klofrau hingegen müsste erst auf Ihre Seite wechseln. Mit zusammengekniffenen Augen in ihrem früh gealterten Gesicht hörte sie sich Ihr Angebot an: ein wöchentlicher Zuschuss von fünfzig Euro zu ihrem gewiss inferioren Gehalt; dafür, dass Sie und der andere fünfzehn Minuten lang ungestört wären. Jeden Samstag, fünfzehn Minuten, fünfzig Euro, das wäre doch was! Natürlich war das was. Die Klofrau konnte gar nicht anders, als einzuwilligen.

Fast ein halbes Jahr war seitdem vergangen. Nie wieder hatte die Klofrau das Skript willkürlich bearbeitet. Norbert Bauer war seiner Rolle stets treu geblieben. Doch heute? Weshalb diese Verzögerung? Gab es keine Vorstellung? Seit zehn Minuten saßen Sie bereits in LOGE 5, doch niemand hatte geklopft, niemand war aufgetaucht. Allzu lange würden Sie den Donauwalzer nicht mehr ertragen, das grauenhafte Geigengeschmiere verhöhnte Sie, spottete, es geschah Ihnen recht: Dass Frau Tamara nicht im Zeitschriftengeschäft gewesen war, es hatte geheißen, sie sei krank. Dabei hätten Sie sich bei ihr entschuldigen wollen, an diesem Morgen waren Sie wieder bei Sinnen gewesen; ihr angeboten, sie später von der Arbeit abzuholen, Ihren heiligen Samstagnachmittag hätten Sie geopfert! Es hätte sich noch alles ausgehen können, mit ein bisschen Improvisation. Ein paar Stunden hätten genügt, um die Frau auf Ihre Seite zu ziehen, die Ordnung wiederherzustellen. Es war doch nicht nötig, das Schauspiel kurz vorm Finale so rüde abzubrechen, nur wegen einer kleinen Panne! Aber nein, das Schicksal war grausam. Und jetzt auch noch dieser herzlose Jüngling, der Sie einfach sitzen ließ, seine Pflichten vergaß, als wären Sie irgendein x-beliebiger … Das waren Sie nicht! Hatte er Sie vielleicht angerufen? Nein. Als hätten sich die beiden gegen Sie verschworen! Hinter Ihrem Rücken!

Die Logentüre wurde geöffnet. Hämisch grinsend stand die Klofrau vor Ihnen. Es war wie eine Befreiung. »Junge heute nix kommen, hä? Junge heute schon spritzen! Hahaha! Gemma, Zeit ist um!« Sie gönnten ihr diesen Triumph. Krochen wie ein geprügelter Hund aus der OPERA TOILET VIENNA.

Mit hängendem Kopf, die Füße bleiern schwer, schlenderten Sie durch die Passage, umkreisten das Rondeau in deren Mitte, wo die Filiale einer Bäckereikette untergebracht war. Der Kaffee- und Mehlspeisenduft war beinahe tröstlich. Bei einem Mistkübel blieben Sie stehen, stopften all die Tageszeitungen, die Sie zuvor am Westbahnhof gekauft hatten, in einen faulig stinkenden Behälter. Zuletzt entledigten Sie sich auch der Ansichtskarte, die Sie für heute ausgesucht hatten, eine Aufnahme der Opernkreuzung aus den Dreißigerjahren. ›Kärntner, Ecke Ring – Es hat mich sehr gefreut‹ stand auf ihrer Rückseite, in eleganter Kurrentschrift mit schwarzer Tinte. Zum ersten Mal hatten Sie etwas auf Norberts Karte geschrieben, ein Gruß zum unvermeidlichen Abschied; morgen wäre die Welt eine andere. Sie zerrissen sie in kleine Stücke.

Dann ließen Sie sich von der Rolltreppe zur Ringstraße befördern, ein wolkenloser Sommerhimmel tat sich auf. Während Sie auf eine Straßenbahn warteten, klebte Ihr Blick auf der Fassade des Opernringhofs, Nachkriegs-Visavis der Staatsoper, hässlich, bezugslos, banal, eine architektonische Zumutung. Vielleicht hatten sie ja recht, all die Kulturpublizisten, die sich für besonders progressiv hielten, wenn sie bedauerten, dass Staatsoper und Burgtheater nach dem Krieg nicht abgerissen und durch Asbestpaläste ersetzt worden waren, als Bruch mit der imperialen Vergangenheit, als Kulturrevolution – lag es nicht an der Hässlichkeit seiner Hauptstadt, dass Deutschland liberaler, moderner, weltoffener war?

Sie stiegen in den Beiwagen einer alten Straßenbahngarnitur ein, es roch nach Zwiebeln und Schweiß. Die Touristen unter den Fahrgästen, leicht zu erkennen, schauten und fotografierten nur nach rechts, zur Kärntner Straße, zur Staatsoper, zur Spitze des Stephansdoms; den Opernringhof links davon ignorierten sie. Andere Leute, die das alles nicht mehr interessierte, blätterten in kleinformatigen Gratiszeitungen.

Als die Straßenbahn in den Schottenring einbog, waren die meisten Fahrgäste ausgestiegen, olfaktorische Erleichterung stellte sich ein. An einem besseren Tag hätten Sie die würzigen Holzleisten des Wagonbodens wahrgenommen. Ein Windstoß durch die heruntergeschobenen Fenster ließ die herumliegenden Gratisblätter aufwirbeln, eines landete vor Ihren Füßen. Sie warfen einen Blick auf die verdreckte Titelseite: ›Österreicher sind am glücklichsten!‹ Sie schauten aus dem Fenster, das Börsengebäude zog vorüber, es stand leer, Frau Tamara war krank, Norbert Bauer fern geblieben. Ein Stechen in der Herzgegend, alleine im Beiwagen.

Am Schwedenplatz verließen Sie die Straßenbahn. Sie überquerten den Donaukanal, kamen auf die Praterstraße, eine der toten Meilen der Stadt; dabei deren einzige, die ein Boulevard französischer Art hätte sein können, gälte Wiens Interesse nicht bloß der Ringstraße, wo sich alles im Kreis drehte, keinesfalls den radialen Boulevards, denen nicht zu trauen war. Weil sie die Weite der Welt außerhalb der Stadtgrenzen andeuteten. Seit Jahren fuhren hier keine Straßenbahnen mehr, es war der Gegend anzusehen. In Ihrem rechten Knöchel setzte ein ziehender Schmerz ein, die Sonne stand im Zenit, Ihre Silhouette auf einer schönbrunngelben Wand, ein verwaistes Postamt. Eine kleine Frau mit verkümmerten Beinen stand wie festgewurzelt vor einem Blumenladen, aus dem ein Mädchen heraustrat, einen Kübel Wasser ausschüttete. Trübe floss es über den Asphalt. Sie steckten sich einen Zigarillo an, ein ziehender

Schmerz von der Wade aufwärts in Ihr Knie, in Ihre Hüfte; der prustende Lärm eines stadtauswärts donnernden Motorrads, Höllenlärm, so müssten sich Messerstiche in den Unterleib anfühlen. Sie sogen den Rauch ein, am Boden lag ein roter Parkzettel, darauf ein halber Schuhabdruck. Aufgelassene Geschäfte, leere Vitrinen, bröckelnde Mauern, rostige Fenstergitter, ein Aufkleber: ›Ihr Kaufmann sichert Lebensmittelqualität!‹ Ein Glas-Stahl-Hochhaus an der Stelle, wo einst das Carl-Theater gestanden hatte, die Bühne Nestroys zerbombt, ausgebrannt, abgerissen, wie alles, was Wien ausmachte, ausgemacht hatte, aber morgen, morgen … Ihr Atem wurde flach, Sie zwangen sich weiterzugehen, wie das Fanal Ihres Untergangs erspähten Sie das aus diesigem Bodensmog ragende Denkmal für Admiral Teggethoff – der Praterstern. Sie warfen den Zigarillo in den Rinnstein, stolperten zum inneren Rand des Gehsteigs, stützten sich beidhändig an der Hausmauer ab, tief einatmen, langsam ausatmen, ein Martinshorn heulte auf, kamen sie zu Ihnen?

Nach einigen Minuten wagten Sie es, den Kopf zu heben, einen Schritt zurückzutreten; Sie fixierten eine Messingtafel an der Hauswand; konnten die Schrift lesen, mit schwacher Stimme, Schweiß rann Ihnen übers Gesicht: ›In diesem Haus wurde … 1825 … der Walzerkönig Johann Strauß …‹ Ein heftiger Schwindel, Sie mussten nach Hause, sofort.

Im Taxi auf der Rückbank sitzend, Solomon schwieg, hielten Sie die ganze Fahrt über die Augen geschlossen. Sie hätten die Hässlichkeit der Stadt nicht länger ertragen.

26

Zuhause, erschöpft, kauerten Sie unter inneren wie äußeren Schmerzen auf dem Sofa. Hatten zum Glück nichts zu tun, nichts mehr vorzubereiten, mussten lediglich auf einen Anruf warten. Den endgültigen Befehl erteilen. Sie würden nicht einknicken, nicht davor zurückschrecken, gewiss nicht. Da mochten Ihnen kurz vorm Ziel noch so viele Prügel in den Weg gelegt werden.

Durch das geöffnete Fenster hörten Sie das Rumpeln und Bimmeln der Straßenbahnen auf der Währinger Straße. Sie lugten auf Ihr Glas Eistee am Tisch. Die gläserne Platte war voller Schmierflecken, eine Schande, aber es blieb Ihnen keine Wahl, Sie hatten Ihre Haushälterin entlassen müssen. Das Risiko wäre nicht mehr kalkulierbar gewesen. Sie langten nach dem Glas, verschütteten das meiste über den Lederbezug des Sofas, den Teppich, auf dem zerknülltes Schokoladenpapier lag, alte Tageszeitungen. Nicht die *Neue Freie Presse,* nicht die *Arbeiterzeitung,* beide waren längst eingestellt. Sie würden sich mit der Berichterstattung in weit schlechteren Blättern begnügen müssen. Und deren Kommentatoren würden sich nicht mit der fulminanten Idee auseinandersetzen, die Ihrer Tat zugrunde lag, sondern alleine die eigene gekränkte Eitelkeit abarbeiten, sich darüber mokieren, dass die zugehörige Verständnisanleitung mittels Leserbrief im Hausmeisterblatt der Republik an die Öffentlichkeit gebracht worden wäre. Als Wahnsinnigen würde man Sie abstempeln, als Geisteskranken, als jüngstes Beispiel für den zerrütteten Zustand der österreichischen

Psyche; in eine Reihe würde man Sie setzen mit Mördern, Entführern, Vergewaltigern, ohne zu erkennen, dass es Ihnen bloß um Schönheit ging, um Vollkommenheit und: um Würde.

Seit Sie aus der Opernpassage gekrochen waren, dachten Sie an Schönheit, Vollkommenheit, Würde, und daran, Norbert Bauer anzurufen. Wie hatte er es wagen können, vor dem großen Tag nicht aufzutreten? Vor jenem Tag, der dieser Stadt und diesem Land, ja dem ganzen Kontinent die entscheidende Wendung bringen würde, die ersehnte Erlösung, den Schritt in ein goldenes Zeitalter? Sein junger Körper, sein verschämtes Stöhnen, sein schönes Geschlecht – nie hatten Sie sich Ihrem Reich näher gefühlt, als mit ihm in Loge 5, Ihrem Reich und dessen Hauptstadt, Vienna gloriosa – die Perle Europas, ein Wunder der Baukunst, eine Metropole, die jeden Besucher wegen ihrer einzigartigen Schönheit ratlos zurückließ, wegen ihrer einzigartigen Schönheit und humanistischen Monumentalität!

Sie richteten sich auf, saßen regungslos am Sofa, ein schwacher, steter Windzug erfrischte die von sommerlicher Schwüle gesättigte Luft. Ihr Blick war auf eine Fotografie gerichtet, die Sie seit Jahrzehnten verabscheuten; und doch hatten Sie sie nie entfernt. Es war das Porträt eines kindlichen Jünglings mit den Augen eines alten Despoten, voller missionarischer Entschlossenheit. Woher war dieser Hass gekommen, worin hatte er sich entladen, ehe es einen regellosen Krieg gab, eine willenlose Frau, einen rechtlosen Sohn? Und was war danach? Der Krieg verloren, die Frau in den Tod gestürzt, der Sohn in den Schoß der Todfeinde geflüchtet.

Sie gingen in das Erkerzimmer, dem Lieblingsort Ihrer Großmama. Von hier sah man über die Dächer der Stadt, zur Sternwarte und zur Votivkirche, in einen ungetrübten Himmel. Sie öffneten ein Fenster. Er allein hatte sich nicht verändert, war immer noch der Himmel Ihrer Kindheit, den Sie mit Ihrer Großmama betrachteten, während Sie sich an ihren gewaltigen Leib lehnten; spürten, wie dieser sich rasselnd blähte und zusammenzog. Es war der Himmel Ihrer Jugend, außerplanmäßig waren Sie aus Altaussee heimgekommen, standen, Ihre Tränen unterdrückend, hier, nicht mehr an Ihre Großmama gelehnt, denn diese sei jetzt dort oben, flüsterte Ihnen eine Stimme ins Ohr. Sie widersprachen nicht, obwohl Sie an solche Märchen nicht mehr glaubten. Doch wollten Sie die Frau nicht kränken, die Sie von hinten umschlungen hielt, an deren Busen Sie Ihren Rücken schmiegten. Es hatte nie eine Bezeichnung für sie gegeben, sie war so vieles gewesen, Kindermädchen, Haushälterin, zuletzt Pflegerin Ihrer Großmama, doch ihr Name …

Wolken zogen auf. Sie senkten Ihren Blick, hinunter zum Park neben Ihrem Haus, vor langer Zeit ein Friedhof. Schubert lag dort begraben. Wie wohl Ihre Lunge aussähe? Sie stellten sie sich vor, schwarz, mit bläulichen Flecken, wie Schimmelfleisch. Vielleicht würden Sie das Rauchen aufgeben, dann, wenn Ihr Werk vollendet wäre. Aber wann sollte das sein? Frau Tamara. Sie wäre natürlich eine Art Krönung gewesen. Sie zündeten sich einen Zigarillo an, zogen an ihm. Sie spürten einen Stich in der Brust, trotzdem waren Sie entspannt. Jedenfalls entspannt genug, um jetzt, kurz vor der Vollendung Ihres Werks, an Frau Tamara zu denken. Das lag an der relativen Unversehrtheit des achtzehnten Bezirks, sie stimmte Sie milde; und an diesem vollkommenen Sommertag, den Sie draußen auf der Straße gehasst hatten, von hier oben Ihre Stadt aber zum Leuchten brachte, hier im Erkerzimmer, wo Sie in Sicherheit waren.

Die klassenlose Liebe gebe es nicht, dieser Ausspruch Ihres Vaters fiel Ihnen ein, als Sie vor Schreck den Zigarillo fallen ließen. Das Festnetztelefon läutete, ein anachronistisches Klingeln, kein *Walkürenritt*, schrill und zweckmäßig, klar und fordernd. Sie hoben den Zigarillo auf und warfen ihn aus dem Fenster. Langsam schritten Sie zurück ins Wohnzimmer. Zehn Minuten lang würde das Telefon läuten, so war es vereinbart, wenn es der Anruf war. Und er war es, bestimmt. Er war es, und wenn Sie abhöben …

»Bilinski.«

»Viribus Unitis!«

Und aufgelegt. Zitternd hielten Sie den Hörer in der Hand. Der Windzug durch die Fenster war kalt geworden. Es gab kein Zurück mehr, jetzt würde es geschehen. Sie spürten den despotischen Blick Ihres Vaters unerbittlich auf sich ruhen. Könnte er Ihnen nicht wenigstens in diesem großen Moment Anerkennung zollen, Respekt, gar Stolz? Richtig, es war ein großer Moment, ein historischer, da war es nur natürlich, dass Sie … zweifelten. Sich wie ein Verbrecher fühlten, wie ein Irrer. Sie legten den Hörer auf die Gabel. ›Nicht die Zuversicht zerstört den Zweifel, sondern das Feuer.‹ Wessen Ausspruch war das? Es fiel Ihnen nicht ein, so oft Sie den Satz in Gedanken wiederholten, unwillkürlich mit Norbert Bauers Stimme. Seine Rolle hatte ausgespielt, er hatte sie erfüllt. Ihre Zweifel hatte er ein ums andere Mal niedergebrannt. Er war reines Feuer gewesen, das sich für immer selbst genügen, nicht verschwendet werden würde an sinnlose Ideale, aussichtlose Kämpfe. Es würde einfach existieren, bewusstlos ungestüm, unaufhaltsam lodernd bis zum Ende, und dann, von einem Moment auf den anderen, erlöschen. Aber das ging Sie nichts mehr an. Sie spürten ein Frösteln. Eilten in das Badezimmer, lagen bald in der Wanne, in viel zu heißem Wasser, das Plätschern wie Meerwasser in einer Grotte. Tauchten den Kopf unter, Ihr Gesicht brannte, Sie konnten nichts dagegen machen: Schon schwebten Sie mit Frau Tamara Hand in Hand durch die byzantinischen Hallen des Nordbahnhofs, verloren sich in Deckenfresken, orientierten sich an Marmorsäulen, brandeten an das Vestibül. Über Ihnen die Anzeigetafel mit Zügen nach Prag und Berlin, nach Lemberg und Sankt Petersburg; Sie aber hatten nicht vor, wegzufahren, wozu auch? In einer Trafik ließen Sie sich die *Arbeiterzeitung* geben. Sie schlugen das Impressum auf, zeigten es Frau Tamara. ›Herausgeber: Ludwig Bilinski‹ stand da. Sie umarmte Sie voller Stolz, gab Ihnen einen Kuss. Nach Luft ringend tauchten Sie wieder auf.

Später wanderten Sie eine Zeit lang im Pyjama in der Bibliothek auf und ab. Am Tisch lagen die Pläne, immer wieder schielten Sie dorthin, doch Sie hätten nicht mehr die Ruhe, sie durchzusehen. Nun wäre auch nichts mehr zu verändern, geschweige zu verhindern. Sie verließen die Bibliothek, gingen abermals in das Erkerzimmer, das Fenster stand noch offen. Einen Zigarillo rauchen, die Sonne stand tief, der Verkehr auf der Währinger Straße nahm zu. Bald.

27

Wie kamen die anderen mit ihrem Scheißleben zurecht? Der Typ neben ihm, spastischer Schmollmund, Glatze, wirre Falten, billige Brille, schiefe Zähne, dreckige Fingernägel – wie hielt der sein Scheißleben aus? Er lese, sagte der Mann. Ob Norbert das auch mache? Pfff … Manchmal einen Comic, hin und wieder die Zeitung, ein Buch? Sicher nicht. Zumindest nicht freiwillig. Wenn, dann kamen die Bücher zu ihm. Marie hatte ihm immer wieder mal welche gegeben. Er hatte sogar ein paar davon gelesen, ihr zuliebe, sich unglaublich fadisiert. Dieses eine zum Beispiel, *Steppenwolf,* hieß das so? Cooler Titel, aber wenn er an die Jammerei von dem Typen dachte, er könnte heute noch kotzen. Der hätte weniger nachdenken und mehr vögeln sollen. Der Schmollmund lachte.

»Genau darum geht es ja in dem Buch!«

»Worum?«

»Weniger nachdenken, mehr vögeln!«

Norbert bestellte noch zwei Bier, für sich und den Schmollmund, der sollte ruhig zahlen. Und jetzt mal still sein. Laberte von diesem Scheißbuch, als wären sie in der Schule. Fresse halten! Jetzt war er wieder dran. Er wollte von Marie reden, die konnte beides, nachdenken und vögeln. Er wollte erzählen, wie es begonnen hatte. An einem Wintertag, er stand vor einem Jugendzentrum, verteilte Flyer: ›VERSTEHST DU DAS NOCH?‹, und kleiner gedruckt: ›… was rund um dich gesprochen wird? Wenn dir das türkische, arabische und sonstige Geplapper in deiner

Umgebung auch auf die Nerven geht – komm zu uns!‹ Ein Mädchen glotzte ihn neugierig an. Nein, sie glotzte nicht, sie schaute … ihm direkt in die Augen, lächelte. Er verbarg die Flyer hinterm Rücken. Aber wenn es ihr gefiel? … Er selber hatte unauffällige Sachen an, vielleicht war es auch ihr nicht anzusehen? Er gab ihr einen Flyer. Ihr Blick wurde finster. Er solle abhauen. Dann verschwand sie. Er taumelte davon, zerriss die Flyer, ließ die Schnipsel im Mistkübel verschwinden.

Von da an musste er ständig an sie denken. Obwohl klar war, dass sie sich nie auf ihn einlassen würde. Sie war darauf getrimmt, Typen wie ihn zu verachten. Das machte ihn fast wahnsinnig. Er fuhr wieder zum Jugendzentrum, stand stundenlang im Schnee, rauchte und überlegte, was er sagen könnte. Sie tauchte wirklich auf, machte einen Bogen um ihn. Das wiederholte sich Tag für Tag, eine Woche lang, und Marie würde später sagen, sie habe überlegt, jemanden zu verständigen. Denn angenommen, es hätte sich bei Norbert um einen Neonazi gehandelt, der gefährlich gewesen wäre. Er sei aber nicht gefährlich gewesen, das habe sie ziemlich schnell gemerkt. Einsam und traurig, aber nicht gefährlich. Weswegen sie ihn dann auch ansprach. Was er wolle. Ob er wieder seine lächerlichen Zettel verteile? Die interessierten hier keinen! Er konnte nichts sagen, zu heftig war sein Herzklopfen. Aber dass sie ihn so anfuhr … Er hatte nichts verbrochen! Es war nicht verboten, hier zu stehen. Er sei nicht sehr gesprächig, Mund zugefroren? Er fragte, ob sie mit ihm etwas trinken gehen würde. Sie sagte ja.

Im Café nahm er die Mütze nicht ab, obwohl ihm die Leute nicht feindselig vorkamen, im Gegenteil. Ihre

Gesichter schienen ihm fröhlich. Auch Marie lächelte, ihr irre schönes Lächeln, während sie miteinander redeten, stundenlang. Obwohl, er redete fast nichts, am meisten noch vom Kater, dass er ihn mehr vermisse als seine Mutter. Ansonsten hörte er ihr zu, ein falsches Wort und sie würde gehen.

Am Abend war es in Bernhards Keller noch dunkler und kälter als sonst. Die abgestandene Luft, Bernhards Hasstiraden, von der Pizza wollte er nichts. Er hatte Angst, Bernhard könnte nachbohren, was er mit jenem Mädchen sei, man habe ihn beobachtet. Die ganze Nacht tat er kein Auge zu. Er hinterging seine Freunde, sehnte sich nach Marie, vermisste den Kater … sogar seine Mutter.

Die Hand des Schmollmunds lag auf seinem Oberschenkel. Sollte er ruhig machen, sollte ruhig glauben, dass er das machen konnte. Solange er zahlte und nicht laberte. Gut, eine Frage war drin.

Er wollte wissen, wie sie aufgehört hatte, die Romanze.

28

Er hatte eine Karte von Marie bekommen. Sie schrieb über London, die Clubs dort, von einem Ausflug nach Brighton. Sie schrieb immer solche Sachen. Er hielt eine angeschissene Windel in der Hand. Die Karte war schon gestern angekommen, aber er hatte sie erst heute aus dem Briefkasten genommen.

Schwester Waltraud herrschte ihn an, er solle schneller machen. Sie war keine richtige Schwester, sondern Pflegerin, doch die nannten sich hier alle so. Das kam von den Nonnen im obersten Stockwerk, der sogenannten Klausur, wohin man nur mit einem bestimmten Liftschlüssel gelangte. Als ob dort jemand freiwillig hinwollte. Früher war das ganze Haus in der Hand der Nonnen, mittlerweile waren sie zu alt, um es zu führen.

Schwester Waltraud zitierte ihn zu sich an jenes Bett, neben dem sie sich aufgepflanzt hatte: ein altes, in weißes Laken gehülltes, knochiges Menschenbündel in den Rollstuhl zu heben. Er achtete darauf, nicht direkt mit ihm in Berührung zu kommen, nur mit dem Nachthemd. Die sehnigen, zerbrechlichen Krüppel anzugreifen, widerte ihn an. Mehr noch, sie anzusehen. Marie würde die Augenbrauen zusammenziehen, wenn sie seine Gedanken hören könnte. Konnte sie aber nicht, außerdem war sie in London, und London weit weg. In den Gesichtern der Insassen konnte er keine Weisheit erkennen, blödsinniges Gequatsche, auch keine Zufriedenheit. Höchstens die Erleichterung darüber, dass das Leben bald vorbei sein würde. Geifer tröpfelte aus dem Mund des Alten, Schwester Waltraud stieß Norbert weg, er solle das Zimmer verlassen, nebenan gab es Alarm. Eine kleine Frau mit kurzen grauen Haaren saß auf einem Stuhl am offenen Fenster. Es war arschkalt. Sie fragte ihn, wann sie abgeholt werde. Er schloss das Fenster und antwortete, dass er das nicht wisse. Sie erwiderte, sie sei schon viel zu lange hier. Er gab ihr ein Glas Wasser, das Frühstück würde bald kommen. Sie schaute ihn an und war wieder still. Michael, ein anderer Zivildiener, kam rein. Ob alles in Ordnung sei. Klar, dass der sich wichtig machen musste.

»Die Greiner wollte wissen, wann sie abgeholt wird.«

Michael nickte und verschwand. Das machte sie schließlich jeden Tag – fragen, wann sie abgeholt würde. Er blieb noch eine Weile im Zimmer. Könnte er die Karte von Marie bloß wie einen Glücksbringer tragen. Dass sie ihn vermisste, schrieb sie nicht. Er würde sich auch nicht vermissen.

Draußen im orangen Licht der Laternen tanzten die Schneeflocken. Marijana, die Jugo-Schwester, war wieder eine rauchen. Vielleicht war sie auch Türkin, sie sprach nicht viel. Gemeinsam schoben sie Nachtdienst, was ja ganz okay wäre, gäbe es nicht die Supermarktbeleuchtung und den Krankenhausgeruch. Er hatte Comics dabei, aber die blieben im Rucksack. Chillige Stimmung, wie er sich das vorgestellt hatte, war nicht. Nicht mal Zeitschriften lagen herum, bloß Broschüren der Caritas zum Thema Sterbehilfe … Blieben nur Pornos am Handy, auch keine Option, moralisch betrachtet. Schließlich hatte er gestern mit Marie telefoniert.

Alarm in Zimmer drei, konnte er eigentlich ignorieren. Meistens wüssten die Insassen selber nicht, weshalb sie läuteten, und der routinemäßige Rundgang alle drei Stunden decke das Gefahrenpotenzial ganz gut ab. Soweit Marijana. Die war jedoch immer noch rauchen und er konnte auf ihren Erfahrungsschatz verzichten. Zum Helden machte ihn das hier nicht, ihm war einfach langweilig. Bevor er die Kommandobrücke verließ, setzte er frischen Kaffee auf.

Und dann … Zimmer drei … das Gesicht, in das er schaute, voller Panik. Hinter Brillenglas, dick wie Flaschenböden, versteckten sich Augen, riesig, wie die eines Aliens. Comics waren hier gar nicht nötig. Die Hände der Alten verkrampften sich in die Bettdecke, die hatte sie sich bis ans Kinn hochgezogen. Die komplette Rote Armee musste vorbeimarschiert sein.

»Bitte … «

Frau Berger war eine von der nervigen Sorte. Die geringste Berührung konnte sie zu hysterischem Kreischen bringen. Der primitivste Hunne würde dann Reißaus nehmen. So feige war er nicht. Zu Marie hatte er gestern gesagt, dass er mittlerweile Profi in Sachen Wickeln sei. Sie hatte nichts darauf erwidert. Wie auch immer, die Alte war trocken.

»Bitte, dieser Lärm … «

Sie meinte wohl das Radio. Ziemlich laut aufgedreht und ziemlich schlechte Musik, zumindest unpassend. Marijana musste es beim letzten Kontrollgang eingeschaltet haben, als Stimmungsmacher, das handhabten hier alle so. Dass sie es nach der Wickelprozedur nicht wieder abgedreht hatte, lag wohl an ihrer Herkunft. Diesen Leuten fehlte es an Gefühl. Er schaltete das Radio aus.

»Dieser furchtbare Lärm!«

»Ist schon vorbei.«

»Bitte, diese Schreie, Herr Wärter, das soll aufhören!«

»Das hat schon aufgehört!«

Nicht mal die Vorhänge waren zugezogen. War vielleicht gar nicht so schlecht, Schneefall, beruhigend. Jetzt mit der Straßenbahn rund um den Ring fahren. Marie mochte das. Er schaltete das Licht aus, da erklang hinter einer Wand eine scharfe Stimme in abgehackten Litaneien, unverständliche Worte. Die Berger hob zu einem schrillen Schrei an, er machte wieder Licht.

»Haben Sie das gehört? O bitte, sagen Sie, dass Sie das gehört haben!«

Die Frau war fast ganz unter der Decke verschwunden, nur ihre Brille und ihr zerzaustes weißes Haar waren zu sehen. Ihm blieb nichts anderes übrig, er musste nachschauen gehen.

Schon beim Betreten des Zimmers nebenan sah er den reglosen Körper über den Sims aus dem offenen Fenster gelehnt. Das Licht einer Laterne fiel auf den Rücken. Der Fußboden war bereits nass vom hereinwehenden Schnee. Ein Wimmern. Vorsichtig beugte er sich über den Alten. Er wimmerte nicht, er fluchte. Zwar war sein Gebrabbel nicht zu verstehen, doch die Tonlage eindeutig. Die Arme hingen aus dem Fenster, auf der Glatze sammelte sich Schnee, der ausgemergelte Körper musste doch frieren! Plötzlich drehte der Alte seinen Kopf zu ihm. In seinen Augen lag blanker Hass.

Er umfasste den Brustkorb, hob ihn an, der Mann war nicht schwer und wehrte sich nicht. Ein kurzer Ekel, dann waren Norberts Hände mit der gegerbten Haut verschmolzen. Der Mann war jetzt still, sein Blick sanft, ein blödes Grinsen in seinem Gesicht. Norbert trug Hautfetzen zum Bett, doch es war, als würde er ein Baby tragen.

»Wir waren der Auffassung, dass der Patient frische Luft benötigt.«

Erst jetzt bemerkte er die Nonne, die im dunklen Zimmer stand, wie eine Figur in der Geisterbahn. In weißer Montur, die Hände vor dem Schoß verschränkt, den Kopf ein wenig angehoben. Sie machte einen Schritt nach vorne, kontrolliert, als würde sie aus einer Parade treten.

Der alte Mann, nun wirklich ein Baby, sah sie ehrfürchtig an. Jenseits der sechzig, hatte sie einen spitzen Busen und eine schmale Taille, ebenso spitz und schmal waren Lippen und Kinn. Unter ihrem fast perfekten Deutsch lag ein Akzent begraben, irgendetwas Slawisches, kaum noch wahrnehmbar. »Er ist ein armer Mensch. Er hat ihnen nie verziehen.«

Norbert wich einen Schritt zurück, betrachtete den bizarren Engel mit der glänzenden, glatten, nur an den Mundrändern faltigen Nonnenhaut. Sie streichelte den Kopf des Alten.

»Wem?«

Ihr Gesicht, ihm zugewandt, im Halbdunkel des Zimmers. Marie hatte mal von den alten Frauen am Brunnenmarkt geschwärmt, die so etwas Reines, Erhabenes und Teilnahmsloses in ihren Augen hätten.

»Den Ratten.«

Die Nonne beugte sich über den Mann und küsste seine dünnen Lippen. Er konnte nicht wegschauen. Als wäre es ein Autounfall. Oder Marie.

Das Licht ging an, Marijana stand im Zimmer. Für die Nonne und den alten Mann interessierte sie sich nicht. Auch fühlten sich die beiden nicht gestört. Weshalb er nicht nebenan bei Frau Berger sei. Die brülle wie am Spieß.

Schwester Beate habe hier doch alles unter Kontrolle. Er versuchte erst gar nicht, sich zu verteidigen. Wollte noch einen Blick auf das Gesicht der Nonne werfen oder in die Augen des alten Mannes. Beide ignorierten ihn.

Er nahm sich eine halbe Stunde Pause, wogegen Marijana nichts einzuwenden hatte. Dass die Chemie zwischen ihnen nicht stimmte, war offensichtlich. Er saß in der Raucherkammer, trank Kaffee und überlegte sich eine Ausrede, um nächsten Samstag nicht nach London fliegen zu müssen.

»Wir müssen uns für eines entscheiden, ein großes …«

»Das Kent?«

»Ist das nicht zu groß?«

Der ganze Trupp hatte sich bei ihm versammelt. Trank sein Bier, qualmte ihm die Bude voll. Einige trugen ihre Uniformen. Sie wollten ihn am Samstag dabeihaben.

»Glaubst du, Marie hat sich noch keinen Engländer geangelt? Vergiss die Alte!«

Sein Faustschlag stieß auf Verständnis. Er bereute es, gestern seinen Flug storniert zu haben. Er wollte am Samstag nicht dabei sein.

»Kann sein, dass ich Nachtdienst habe.«

Betretenes Schweigen, nichts anderes hatte er erwartet. Sie rieben ihre Stiefel aneinander, fuhren sich mit der Hand zwischen die Beine, schütteten Bier in ihre Kehlen. Redeten ständig von der deutschen Familie und kamen nicht damit klar, dass er alten Menschen den Arsch auswischte. Verstanden nicht, dass er es nur wegen Marie machte.

»Hast du nicht gesagt, dass ihr keine Nachtdienste schieben müsst?«

»Ist doch scheißegal, ob wir zu fünft oder zu sechst sind, oder?«

Es war klar, was jetzt kam. Feigheit vor dem Feind. Hätte er selber auch gesagt – so lange war das noch gar nicht her.

»Pass bloß auf, was die mit dir machen!«, sagte Bernhard. »Die Katholen sind die Ärgsten. Als nächstes karren sie dich nach Ausschwitz und tischen dir ihre Märchen auf!«

»Auschwitz«, murmelte Norbert und wurde rot im Gesicht.

»Wie?«

»Der Ort nennt sich Auschwitz.«

»Auschwitz, sagt ja schon alles – ein Witz!«

Er begleitete sie wenig später hinunter. Als sie um die Ecke gebogen waren, ging er zur Bimstation. Keine Ahnung, wohin er wollte, zuhause jedenfalls würde er es nicht aushalten. Gewusel in der Straßenbahn, er verstand kein Wort. Basarstimmung, hier wurde wohl über Töchter verhandelt. Eine Abtreibungsklinik warb in drei Sprachen für ihre Angebote. Nach dreimal Abstechen eine Befruchtung gratis, das wäre mal was.

Er landete auf der Mariahilfer Straße, wurde von ein paar Punks angemacht, die wiederum von ein paar alten Knackern. Die ganze Zeit nervten verkrüppelte Bettler, manchmal würde er gerne einfach nur um sich ballern. Irgendwann blieb er stehen und schaute in eine Auslage. Babykleidung.

Warum Michael sich zu ihm in die Raucherkammer setzte, war ihm ein Rätsel. War doch Nichtraucher, ein Prachtbursche, Liebkind der Insassen, immer hilfsbereit und freundlich, sogar zu Norbert. Wollte von ihm wissen, wie seine erste Begegnung mit Schwester Beate war. Das dürfte derzeit den örtlichen Tratsch ausmachen.

»Was meinst du?«

»Naja, hast du Angst gehabt?«

In welcher Welt lebte der Typ eigentlich?

»Sollte ich Angst vor ihr haben?«

»Sie ist ein wenig verrückt.«

»Sie ist Nonne.«

Das gab sichtlich einen Stich in Michaels reines Herz. War auf eine Betschule gegangen. Eigentlich das Letzte.

»Schwester Beate glaubt, sie muss ihn beschützen.«

Indem sie zusah, wie er sich aus dem Fenster stürzte? War das eine spezielle katholische Methode? Eine Sado-Maso-Nummer? Norbert schüttelte den Kopf.

»Schwester Beate will ihm helfen, seine Wut rauszulassen. Wegen seiner kleinen Tochter.«

»Was ist seiner Tochter passiert?«

Noch zwei Minuten bis Dienstbeginn. Natürlich kamen jetzt die Nazis ins Spiel. Michael hatte die Betroffenheitsmasche perfekt drauf. Im sauberen weißen Pflegergewand fehlte ihm bloß der Heiligenschein.

»Schwester Beate sagt, es waren Ratten.«

Das hätte er ihm sparen können. Schwester Beate war ja verrückt. Nur Michael, der zweimal am Tag betete und sich nie einen runterholte, glaubte gesund zu sein. Gestapo in der Leopoldstadt, Aspangbahnhof, Norbert hatte gar nicht darauf geachtet, ob der Mann beschnitten war. Er kannte die Bilder. Von den Brillenbergen, den Schuhbergen, den Knochenbergen. Marie zuliebe hatte er Dokus angeschaut. Nicht schön. Bernhard hatte gesagt, alles nur gestellt.

Bei der Arbeit machte er heute schneller als sonst. Schwester Waltraud war deswegen ganz aus dem Häuschen. Zu Beginn seiner Pause verschwand er nicht gleich in der Raucherkammer, sondern blieb bei ihr im Kaffeezimmer sitzen. Mütterlicher Typ, eigentlich nicht sein Fall, aber er musste noch zehn Monate mit ihr auskommen.

Dass auch sie nach seiner Begegnung mit Schwester Beate fragte, überraschte ihn nicht. Schon eher, dass sie ebenso auf der Nazi-Schiene fuhr. Hätte er nicht von ihr gedacht. Klagte sie nicht am lautesten über die ausländischen Pfleger? Hatte sie nicht mal festgestellt, dass sie schon bei den Insassen fünf Sprachen beherrschen müsste und nicht noch fünf weitere Sprachen lernen wolle, um mit Kollegen zu reden? Jedenfalls war sie überzeugt davon, dass die Nazis die Tochter von dem alten Mann auf dem Gewissen hätten. Mag schon sein, im Nachhinein konnte man ihnen alles unterschieben. Allerdings blieb Schwester Waltraud nicht lange bei der Sache, erklärte ihm, dass der Alte gelegentlich in seine Fantastereien kippe.

»Er dreht also durch.«

Nein, so könne man das nicht sagen. Psychotische Anfälle, so heiße das. Er glaube dann, in der Vergangenheit zu sein, seine Tochter noch retten zu können. Dann komme es auch vor, dass er ein wenig tobe.

»Zum Glück hat Schwester Beate ein Auge auf ihn geworfen. Sie ist nachts ohnedies wach.«

Nach Dienstschluss ging er in das Zimmer des Alten. Die Vorhänge waren zugezogen, aber die Straßenlaterne leuchtete hell genug, um alles zu sehen. Kahle Wände, keine Bilder, keine Andenken. Der Mann schlief friedlich wie ein

Baby. Norbert öffnete die Schublade des Nachtkästchens, fand ein paar Fotos. Kein kleines Mädchen, stattdessen ein Wehrmachtssoldat. Vielleicht sein Bruder, ein Freund. Oder er selber, auch Juden waren Soldaten. Viele von denen seien für die Nazis gewesen, das glaube heute halt niemand mehr, hatte Bernhard mal erklärt. Er machte die Lade zu, ging zum Fenster. Wenn hier ein Stein reingeflogen käme. Warum wollte er den Mann aufwecken, warnen? Ihm passierte nichts. Seine Tochter, Ratten. Vielleicht hatten Ratten ihren Hals durchgebissen, damals im Krieg. Vielleicht war sie im Luftschutzkeller an Rattengift gestorben. Es war so lange her. Trotzdem machte es ihn wahnsinnig.

Er nahm einen Stuhl, setzte sich neben das Bett. Die schwere Daunendecke musste den Körper des Alten doch erdrücken! Sein Gesicht sah dennoch glücklich aus. Vielleicht träumte er von ihr. Sein blonder Bart war sauber. Viele Leute verloren ihre Kinder. Nichts Besonderes. Klar war das traurig. Auch wenn es nicht die Ratten gewesen waren. Wenn Marie ihn jetzt hören könnte. Wie er so etwas bloß vergleichen könne! Sie hätte ja recht.

Er bekam eine Nachricht. Ob er noch dazustoße? Er schrieb nicht zurück. Ein kleines Mädchen musste sie gewesen sein. Stimmte die Geschichte überhaupt? Egal, so etwas war passiert. Marie.

Später, zuhause, hatte er Tee gekocht. Rauchte eine Zigarette nach der anderen. Eigentlich ziemlich gemütlich. Das Läuten drüben in England kam ihm ewig vor. Er konnte es kaum erwarten, ihre Stimme zu hören. Morgen könnte er auch noch seine Mutter anrufen. Die würde es gar nicht fassen. Dass er sich meldete. Und das andere auch nicht.

»Hello?«

»Hi, could I speak to Ms. Marie?«

Wie toll sie es finde, würde seine Mutter sagen, dass er nicht zum Militär gegangen war. Und das andere erst. Sollte er auflegen, zu den anderen fahren? Er mochte seine Schuhe, er mochte sein Tattoo. Das machte ihn nicht zum Verbrecher.

»Hello? One moment, I call her, she's upstairs.«

O ja, er würde den ganzen Dreck sein lassen. Er würde es auf die Reihe kriegen. Er würde sich auch endlich das Tattoo wegmachen lassen, wenn sie es wollte.

»Wie geht's dir? Schön, dass du anrufst.«

Es fühlte sich ganz anders an als beim letzten Mal. Es roch nach Zimt und Nelken. Ihr Foto hatte er wieder an die Wand gehängt. Vielleicht war er glücklich. Vielleicht könnte es funktionieren.

»Ich hoffe, ich habe dich nicht gestört …«

»Nein, nein, die anderen kommen erst in einer halben Stunde, dann gehen wir los.«

»Verstehe. Rauchst du noch?«

»Was soll diese Frage? Hast du deshalb angerufen, um mich das zu fragen?«

»Entschuldige, ich will nicht … «

»Du willst mich kontrollieren?«

»Nein!«

»Okay, was ist eigentlich los?«

Er konnte es sich nur unnötig schwer machen. Sah den alten Mann, sein friedliches Gesicht. Wollte aber den Hass in seinen Augen sehen, als er aus dem Fenster lehnte.

»Ich will nicht, dass du abtreibst. Ich will nicht, dass wir abtreiben.«

Er sah das Nonnengesicht von Schwester Beate: ›Ratten!‹

»Marie? Hast du mich verstanden?«

Er hörte ihre Schritte, einsam hallten sie irgendwo wider. Er trommelte mit den Fingern auf den Schreibtisch, zündete sich die nächste Zigarette an. Dann hörte er ihr Weinen. Sie versuchte zu sprechen. Sie konnte es nicht sagen. Sodass auch er zu weinen begann, auf seinem Sessel zusammensank. Er fasste es nicht. Sie konnte es nicht sagen. Natürlich verstand er sie. Verstand, was sie getan hatte. Aber dass sie es getan hatte, dass er dafür gewesen war, das konnte sie sagen. Und sie hatte ja recht.

Jetzt sah er den Hass in den Augen des alten Mannes.

Die anderen tobten vor Begeisterung. Klopften ihm auf die Schulter, gaben ihm Wodka. Sie kapierten nicht, dass es nicht um sie ging oder um ihre beschissene Sache. Sondern alleine um den Ziegelstein in Norberts Hand, der durch die Luft flog und einschlug. Heute würde er nicht weglaufen, nicht mal vor der Polizei.

29

Der Schmollmund starrte zur Theke. Seine Hand lag noch immer auf Norberts Schoß. Wie albern es wäre, zu Marie zu fliegen. Ihr zu sagen, dass es ihm leid tue, dass er es bereue … Er griff zum Rucksack, die Hand des Schmollmundes fuhr zurück. Hatte er wirklich eine Knarre …? Klar, am Mexikoplatz, ruckzuck war der Deal über die Bühne gegangen. Als wäre seine Lage so schlimm. Die Zeit mit Marie war schlimm. Bis er Bernhards Keller endlich verlassen hatte, um mit ihr zusammenzuwohnen. Hatte sie verstanden, was es bedeutete für einen wie ihn, Zivildienst … sich komplett von seinen Freunden zu trennen? Er ignorierte deren Anrufe, bog ab, wenn sie ihm entgegenkamen, rannte vor ihnen davon. Und Bernhard gab nach, vorerst. Er musste nur warten, bis die Sache mit Marie scheiterte. Bis Norbert wieder alleine war, Marie in England, er nicht entkommen konnte. Dann ging es vom Altersheim direkt ins Gefängnis, drei Monate, wegen dem Ziegelstein in seiner Hand. Sein Kind, wie alt wäre es jetzt? So ein kleines Ding in seinen Händen, wie hätte das funktionieren sollen? Es hatte eine Zeit gegeben, da war keiner, nicht einmal Bernhard, so brutal wie er gewesen. Wer hätte ihm garantieren können, dass er zu diesem Kind lieb sein würde?

Er musste etwas unternehmen, dringend. Nach Hause fahren, mit dem Einbeinigen reden, vom Schmollmund wegkommen. Gleich würde der den Preis für eine Nacht verhandeln wollen. Das war so ein Typ, so ein arschfickender Mami-Typ. Er ging aufs Klo.

Dort betrachtete er sein Tattoo im Spiegel. Bilinski fand es nicht schlimm. Nirgends würde es ihm besser gehen. Keine Firma würde ihn besser bezahlen. Keinen anderen wollte er je wieder ranlassen. Den Schmollmund. Der starrte die meiste Zeit blöd vor sich hin … Mit derselben Frau wie der eigene Vater ins Bett gehen. War das eigentlich pervers? Nicht lange, und er würde sich an diesen Gedanken gewöhnt haben. Wie daran, Marie keine Wahl gelassen zu haben. Er glaubte, es zu bereuen, aber in Wahrheit kam es ihm ganz richtig vor. Er war Abschaum, wie seine Eltern, aber immerhin nicht so debil, sich auch noch fortzupflanzen. Ob Bilinski Kinder hatte? Und was wollte er eigentlich mit der Knarre? Scheißdrauf, was auch immer, es würde ihm später ganz richtig vorkommen.

Er hatte wieder ein Bier vor sich stehen. Der Schmollmund zahlte, stand auf und ging.

30

Sie fuhren mit der Straßenbahn zum nächsten Kolporteur, um sich die Abendausgabe der *Kronen Zeitung* zu besorgen. Gekleidet in Seidenpyjama, Morgenmantel, Turnschuhen und einer Schirmmütze. Die Leute im Waggon zeigten keine Reaktion, nicht, weil sie tolerant, sondern weil sie feige und ratlos waren, was sie durch Ignoranz zu kaschieren versuchten. Auf der Rückfahrt hielten Sie die Zeitung in der Hand, zusammengerollt wie ein Zepter. So fragwürdig Ihr Werk auch sein mochte, am Ende stünde die Befreiung von der Ratlosigkeit, von der Feigheit. Schönheit, Vollkommenheit und Würde.

Wieder zuhause, im Halbdunkel der Wohnung, zogen Sie Anzug und Lackschuhe an. Die Zeitung hatten Sie am Couchtisch abgelegt, dessen Platte immer noch voller Flecken war. Sie holten eine Flasche Wein und ein Kristallglas, einen goldfarbenen Kandelaber; zündeten die Kerzen an, dann einen Zigarillo. Endlich die Schlagzeile im flackernden Licht, der erste Blick darauf: ›Österreich ist ein Asylantenparadies!‹

Sie füllten das Glas, blätterten zu den Leserbriefen, sofort sprang Ihnen Ihr Name entgegen, Franz Bierheber. *Das freie Wort – Neue Freie Presse,* es war doch fast dasselbe! Niemand könnte behaupten, dass Sie gescheitert wären.

In den frühen Achtzigerjahren hatten Sie die *Arbeiterzeitung* von einer Parteizeitung zu einem unabhängigen Blatt von Weltformat machen wollen, einem österreichischen *Guardian* … Das war kein Hirngespinst gewesen. Die

Hälfte der Redaktion hatte ähnliche Pläne; man hätte Sie zum Chefredakteur gemacht, mit nicht einmal dreißig Jahren. Die Parteioberen allerdings reagierten verständnislos. ›Und was soll uns das bringen? Damit ihr schreiben könnt, was ihr wollt? Das hat uns gerade noch gefehlt!‹ Dass man die sozialistische Bewegung nicht bloß als institutionalisierte Partei betrachten dürfe und auch eine unabhängige *Arbeiterzeitung* die sozialistischen Ideale vertreten werde – mit solchen Argumenten wussten die höheren Genossen nichts anzufangen. ›Der Alte hat nein gesagt!‹

Nachdem man Sie abmontiert hatte, gab es Angebote anderer Zeitungen, auch von bürgerlichen Blättern, sogar aus Deutschland. Was Ihnen zwar schmeichelte, aber keine echte Option war. Ohne die Melancholie Wiens hätten Sie kein guter Journalist sein können, nicht in einer deutschen Stadt mit stummen Fassaden und entkernten Gebäuden, alles Unwägbare entsorgt. In Wien ragten die Häuser tief ins Erdinnere, die *Arbeiterzeitung* hätte diese Keller ausleuchten sollen, ohne sie zu zerstören. Nein, Sie hatten gut daran getan, nach Ihrer Kündigung … O, wie zornig machte es Sie immer noch, von solch dummen Menschen abgesägt worden zu sein! … Nein, Sie hatten gut daran getan, zudem war Ihr Vater bald darauf gestorben, nach dem Großteil des Vermögens Ihrer Großmama fiel Ihnen auch seines zu, obwohl er Sie lieber enterbt hätte. ›Aber was hast du denn jetzt noch? Außer der Erkenntnis, dass die Sozis Schweine sind.‹ Ja, Sie hatten gut daran getan, für viele Jahre fortzugehen, zu reisen, sich der Fremde auszusetzen, Wien zu vergessen. Nachdem Sie Jahre geopfert hatten, um für Wahrheit, Gerechtigkeit und Menschlichkeit zu kämpfen – und was war der Lohn gewesen?

Erst mit Mitte vierzig kehrten Sie zurück, im Glauben, gegen die Niedertracht gerüstet zu sein. Die *Arbeiterzeitung* war mittlerweile Geschichte. Sie waren froh, deren erbärmlichen Todeskampf nicht mehr miterlebt zu haben, die dümmliche Umbenennung in *AZ*, die Anbiederung an den Boulevard mittels Umstellung aufs Kleinformat. Alles vergebens, die Zeitung wurde trotzdem von der Parteileitung abgedreht wie eine unrentable Bankfiliale. Nach hundertjährigem Bestehen, unsentimental, kurzsichtig. Um die Arbeiter den Boulevardzeitungen zu überlassen, den seichten Fernsehprogrammen, später den rechtsradikalen Demagogen. So weit wäre es unter Ihrer Ägide nicht gekommen. Dieses Land, diese Stadt wären nicht mehr wiederzuerkennen. Weder müssten Sie junge Männer bezahlen. Noch wäre Franz Bierheber von Bedeutung. Er wäre ein armseliges Würstchen.

Zunächst war es um Ihr persönliches Vergnügen gegangen. Das Establishment durch politisch inkorrekte Leserbriefe zu verhöhnen, war Ihnen Genugtuung, späte Rache. Bei der *Arbeiterzeitung* hatten Sie das manipulative Schreiben gelernt, auch wussten Sie, wie man die nunmehr sozialdemokratische Schickeria am besten quälte.

Im Lauf der Jahre jedoch war etwas passiert, das Sie gar nicht geplant hatten und nur in einem Land wie diesem möglich war: Franz Bierheber wurde zu einer Institution des öffentlichen Diskurses. Sein Wort bekam Gewicht. Seine bald ausschließlich sonntags erscheinenden Leserbriefe mutierten zu wöchentlichen Leitartikel für den reaktionären Teil der Gesellschaft, das selbsternannte Anti-Establishment. Sogar Nationalratsabgeordnete zitierten ihn im Plenum, nicht nur Rechtspopulisten, auch Sozial- und

Christdemokraten biederten sich an die ›Stimme des Volkes‹ an, gaben ihm recht, man dürfe solche Meinungen nicht ignorieren.

Sie fanden ihn amüsant, aber eigentlich war Ihnen der politische Diskurs völlig egal. Aber Ihre Macht, die Macht Franz Bierhebers … damit ließe sich arbeiten, diese Erkenntnis kam Ihnen mit der Zeit. Zur Realisierung einer Vision, die bedeutender war als politisches Geplänkel; die rechtfertigen würde, dass Sie zur Vergiftung der Stimmung im Land beigetragen hatten. Die Essenz Ihrer Leserbriefe waren nicht Bierhebers Tiraden gegen Künstler, Intellektuelle, Asylwerber und Parteibonzen. Sie waren bloß Mittel zum Zweck gewesen, um die Masse gefügig, für Ihre eigentliche Botschaft empfänglich zu machen. Damit die Öffentlichkeit Ihre Tat gutheißen würde. Damit man Respekt vor Ihnen hatte und Ihnen folgte. Sie lasen den Leserbrief.

Wien soll wieder Perle Europas werden!
Jahrhundertelang gab es in Europa Hass und Krieg. Die Idee eines vereinten Kontinents war für mich wie für die meisten Österreicher etwas sehr Erstrebenswertes. Von unserer Regierung wurde uns viel versprochen. Als wir mit Ja! abgestimmt haben, war die Enttäuschung groß, denn statt mitreden zu können, kamen nun unliebsame Anordnungen aus Brüssel. Statt der Bildung eines vereinigten Europas der Vaterländer kam ein diktatorisches Ungetüm zustande. Man fragt sich, warum vor fast hundert Jahren die Donaumonarchie zerschlagen worden ist, der man von

Seiten Frankreichs und Englands vorwarf, ein Völkerkerker zu sein, wo es heute in Wirklichkeit einen neuen Völkerkerker gibt, nämlich die EU.

Entwicklungen, gesellschaftliche wie politische, konnten immer wieder rückgängig gemacht werden. Hundert Jahre sind nichts in der Menschheitsgeschichte, und so ist es angesichts einer globalen Krise an der Zeit, die Entwicklung Europas, vor allem aber die unserer Heimat, rückgängig zu machen. Wir sollten einsehen, dass wir es mit der EU probiert haben, dass sich dieses Projekt falsch entwickelt, dass aber unsere warnenden Rufe von Brüssel nicht gehört werden. Wir sollten uns auf unsere eigenen Stärken besinnen!

Denn wenn es in Europa auch jahrhundertelang Hass und Krieg gab, so herrschte, sofern es andere Mächte zuließen, in Mittel- und Osteuropa unter der Führung Österreichs Frieden. Es mag eine Illusion sein, doch sind es immer kühne Ideen, die am Beginn einer großen Wirklichkeit stehen. Und so muss angesichts der Zustände der Wunsch ausgesprochen werden, dass das alte Österreich wieder auferstehen möge, von den Alpen bis zu den Karpaten, von Schlesien bis nach Dalmatien. In der Geschichte ist alles möglich! Wer hätte die Französische Revolution erwartet, wer den Nationalsozialismus? Im Gegensatz dazu ist es aber keine blutige Zukunft, um die es uns gehen soll, wenn wir unsere Gelder nicht länger nach Brüssel schaufeln, sondern nach Osten schauen, zu unseren wahren Brudervölkern, die wie wir unter dem Joch der Eurokratie leiden! Ihnen müssen wir Hoffnung geben, ein vernünftiges Angebot für die Zukunft machen! Wie wir, so sollen auch sie unter die Ereignisse des 20. Jahrhunderts einen endgültigen Schlussstrich ziehen, unter Rassenwahn und Kommunismus, Hitler und Stalin, und sich daran erinnern, wie es unter Kaiser Franz-Josef gewesen ist!

Solch eine große Idee lässt sich natürlich nicht von heute auf morgen in die Tat umsetzen. Viel Vorarbeit wird nötig sein, Vorarbeit, die vielleicht Jahrzehnte brauchen wird. Es müssen erst die Befürworter solcher Pläne ihre Stimmen erheben, sie müssen Bücher schreiben, Initiativen starten, die Jugend überzeugen. Es müssen erst die Staatsmänner kommen, die den Mut und die Weitsicht haben, diesen neuen Staatenbund, das wahrhaft humanistische Gegenstück zu der von Frankreich und Deutschland beherrschten EU zu gründen.

Bis dahin aber kann aber jeder, der den Wunsch hegt, Österreich möge aus seinem hundertjährigen Tiefschlaf erwachen, dieser Idee Gestalt verleihen. So könnte die Stadt Wien, die ja von diesem Projekt profitieren würde, wäre sie wieder Hauptstadt eines Großstaates, ein besonderes Zeichen setzen, weil gerade an ihr, der Perle Europas, die Verwüstungen des zwanzigsten Jahrhunderts tiefe Spuren hinterlassen haben. Diese

Spuren sollen verschwinden, um einen Neubeginn zu wagen! Die alte Reichshauptstadt möge ihre majestätische Würde zurückerhalten, und daher möge die Stadtregierung sie nicht länger schänden! Sie hat uns bereits genug Hässliches beschert, scheinbar ohne sich dessen bewusst zu sein, dass sie für den schnellen Profit eine Stadt zerstört, der die Zukunft als führende Metropole des Kontinents gehört.

Alle treuen Österreicher, die ihre Fahne wieder über Prag, Krakau, Budapest und Zagreb wehen sehen wollen, und alle treuen Wiener, die ihrer Heimatstadt wieder ihre wahre weltgeschichtliche Rolle zukommen lassen wollen, mögen daher den Bürgermeister schriftlich dazu auffordern, Wien auf seine kommende Rolle vorzubereiten, indem er dafür sorgt, dass einige der klaffenden Wunden in der Stadt verheilen. Der Opernringhof etwa, der ganze Komplex Wien Mitte, die meisten Brücken über den Donaukanal, alle Bahnhöfe – all das war vor 1945 schöner und prachtvoller, und man stelle sich nur vor, welch grandiose Stadt Wien nach diesen ersten Maßnahmen wäre! Ich fordere daher alle Wienerinnen und Wiener auf, selbst Vorschläge zu publizieren, welcher Schandfleck unserer Heimatstadt verschwinden soll, welches Bauwerk man wieder wie vor den Bombenschäden von 1945 aufbauen soll! Und man stelle sich weiter vor, diese Stadt wäre wieder, wie anno dazumal, Zentrum eines Großstaates! Das alles ist möglich! Unsere Zukunft liegt vor uns, und wir können sie gestalten, wie es uns beliebt!

Und am End' will ich es wagen
Frei Heil Österreich! zu sagen.

Ihr
Franz Bierheber,
Wien.

Sie ließen den Zigarillostummel ins fast leere Glas fallen. Ein Zischen. Sie waren ein Genie. Morgen würden es alle erfassen. Das Land würde über diesen Leserbrief sprechen. Es würde geschehen. Irgendwann würde man ein Denkmal für Sie errichten, vor Wagners Stadtmuseum am Karlsplatz. Sie hörten ihr Rufen. Es war der letzte Abend, den Sie mit ihr in Intimität verbringen könnten. Ehe Sie sie freigaben, Ihre Liebe zueinander aller Welt offenbarten. Sie holten ein sauberes Glas, eine weitere Flasche Wein, schritten über eine mit rotem Teppich ausgelegte Wendeltreppe in den Dachboden, zu ihr, die bald unter Ihnen lag, in hellem Licht, so wie sie sein sollte. Wie sie erdacht worden war. Wie sie Meister Walter und Ludwig Bilinski erschaffen hatten. Ein Knopfdruck auf die Fernbedienung. Mahlers *Lied von der Erde*. Sie sanken in einen Fauteuil. Ihr tränender Blick auf die Stadt gerichtet. Sie seufzten.

Sie konnten sie nicht berühren. Lediglich ihre Linien nachzeichnen, fantasieren, wie es wäre, wirklich mit ihr vereint zu sein, in ihr zu sein, sie zu sein. Sie bewunderten die Schönheit der Gebäude, der Straßen und Plätze, ließen sich davon bezaubern, konnten sich daran aufrichten. Doch Sie selbst würden diese Schönheit nie spüren, riechen, schmecken, nicht vor Ihrem Tod. Aber das machte nichts. Es genügte doch, sie im Kleinen zu sehen, aus der Ferne. Wie ein Gott. Zu wissen, dass sie auch nach dem morgigen Tag ausschließlich Ihren Bedürfnissen diente, zu dienen hatte, dass sie Ihnen ergeben war. Es war bedeutungslos, die Sache mit Frau Tamara verspielt zu haben. Dass Norbert Bauer Sie versetzt hatte, nicht der Rede wert. Schönheit, Vollkommenheit und Würde. Nichts anderes brauchten Sie, nichts anderes wollten Sie. Vienna gloriosa. Sie standen auf und zogen sich aus …

31

Sein Zeigefinger bohrte sich in die Türglocke. Seit Minuten, immer wieder aufs Neue. Hätte er seine Docs noch, er könnte die Tür einfach eintreten. Und dann? Weshalb sollte er Bilinski was antun? Wollte er ihm was antun? Die Knarre hatte er jetzt in seiner Hosentasche, mit der rechten Hand umklammerte er den Kolben. Es war ganz simpel: Sie erweiterte seine Möglichkeiten.

Die Tür ging auf, der alte Mann stand vor ihm, Norbert lockerte den Griff. Bilinski war lieb zu ihm, einmal die Woche, unterstützte ihn. Hatte er ernsthaft daran gedacht, ihn abzuknallen? Dem Mann in die Arme fallen, Orchestermusik kam aus der Wohnung, sie schmiegte sich an den schmächtigen Körper, im Bademantel stand er da, in einem violett-orangen Licht, ein Ganzkörperheiligenschein. Seine Augen müde, aber freundlich, sie musterten Norbert nicht, waren nicht überrascht, auch nicht verärgert. Sie freuten sich, ihn zu sehen, Bilinski freute sich.

Er sehe erschöpft aus, ob er nicht duschen wolle? Keine Angst, er habe keine Anzüglichkeiten im Sinn. Dies sei der achtzehnte Bezirk, nicht die OPERA TOILET VIENNA. Ein dunkles Vorzimmer. Trotzdem dieses komische Licht um Bilinski. Und was er sagte, kam in gelben Kringeln aus seinem Mund. Ob er Licht machen könne? Norberts Stimme klang dünn, zerbrechlich, krächzend. Bilinski machte Licht, sein Heiligenschein verschwand. Der Raum drehte sich, Bilder kreisten, nackte Körper in knalligen Farben, keine schönen Körper, verstümmelte Körper, alte Körper, geschundene Körper. In allen nur erdenklichen Posen, Ärsche, Schwänze, Titten, Mösen. Er stolperte durch das Vorzimmer, vorbei an vergitterten Fenstern, Bilinski stützte ihn, zog er ihn? Sie waren in einem Badezimmer, er musste auf die Knie, wurde runtergedrückt, kotzen, er müsse kotzen, schon wurde sein Kopf über die Kloschüssel gehalten, echtes Porzellan, ein Schlag, und er wäre weg. Aber nichts da, jetzt sollte es zur Sache gehen, Bilinski zog ihn aus, er zog sich selber aus, war Bilinski noch da?

Er stand in Boxershorts vor einem großen Spiegel. Frische Handtücher auf einem Schemel, die Badewanne voll, es roch nach Lavendel, das Waschmittel seiner Mutter, er hatte es wieder in der Nase. Das Klo war sauber. Hatte Bilinski alles aufgewischt? Die Tür abgesperrt. Ein Bademantel am Haken. Seine Sachen waren weg.

Das Badezimmer war groß genug, um weit Anlauf zu nehmen. Sich gegen die Tür zu hauen. Er lag am Fliesenboden, bekam keine Luft. Machte die Augen zu, sah einen Trupp Soldaten in alten Uniformen über die Reichsbrücke reiten, angeführt von Prinz Eugen. Dann den Wienfluss, voller Fladenbrot und Hundescheiße, toter Babys und verschrumpelter Schwänze. Er machte die Tür zur Besenkammer auf, rutschte eine Stange runter, stieg ins Batmobil, fuhr durch die Stadt, rauf zum Reumannplatz. Er war nackt, schaltete auf Autopilot, stand auf, der Fahrtwind kühlte seine Eier …

32

Es war stockdunkel. Kühl. Trotzdem der Geruch von Holz, das in der Sonne lag. Ein Surren, wie ein riesiger Bienenschwarm. Er lag nicht auf Fliesen, sondern auf einem Teppichboden. Robbte herum. Stieß an Gitterstäbe. Schob die Fäuste hinauf, ein Geländer, kein Käfig, er zog sich empor. Das Surren kam von unten. Er stand auf einem Balkon oder einer Galerie. Jetzt klang es nicht mehr wie ein Bienenschwarm, sondern wie tausende kleine Bohrmaschinen. Und wäre es hell, würde er halbtote Typen sehen, weil er in einer Schlachthalle gelandet war, in die Bilinski seine Opfer brachte. Ein Stich in seine Augen, gleißendes Licht, er schrie auf, rotes und gelbes Flackern, Lava, ein heißer Luftstrom, angenehm, auf seinem Bauch, seinem Schwanz. Seine Augen gewöhnten sich. Wurden groß. Sahen wieder. Im ersten Moment glaubte er, wirklich auf einer Aussichtsplattform zu sein.

Am Stephansdom in der Mitte war sie natürlich zu erkennen. Seine Arme und Beine wurden leichter. Das Surren kam also nicht von Bohrmaschinen, sondern von kleinen Straßenbahnen und Zügen. Kreuz und quer fuhren sie durch die Stadt. Das Riesenrad, Schönbrunn, das Rathaus, mit seiner Mutter hatte er dort im Advent Kekse gebacken – daran hatte er sich auch erinnert, als er im Hilton am Fenster gestanden war, heute kam ihm die Erinnerung allerdings schön vor, wie die Stadt dort unten, vertraut und fremd zugleich … der Stadtpark etwa, eindeutig zu erkennen, aber das Hilton daneben gab es nicht. Und der Westbahnhof sah aus wie der Bahnhof in Paris, wo sie angekommen waren, Marie und er, ihr einziger Urlaub, in der Stadt der Liebe. Sie hatten dort keinen Sex, Bernhard oder sie, er müsse sich entscheiden. Da war es schnell vorbei mit der romantischen Stimmung.

Wie lange stand Bilinski schon neben ihm? Sie nickten einander zu. Bilinski gab ihm ein Fernglas. Ging ein paar Schritte zur Seite. Es kam ihm ganz normal vor. Beide sahen sie auf die Stadt hinab. Als hätten sie einen Ausflug auf den Kahlenberg gemacht. Er in Boxershorts, Bilinski im Bademantel.

»Wieso haben Sie das bauen lassen?«

»Das ist deine Frage? Im Ernst? Ist es nicht offensichtlich?«

»Nicht wirklich. Dann frag ich Sie halt, wo meine Sachen sind. Meine Pistole zum Beispiel. Und meine Zigaretten …«

Bilinski ließ den Kopf hängen, stützte sich an der Brüstung ab. Was sollte das jetzt? Weinte der Typ etwa? Wie verlottert er plötzlich aussah in diesem Bademantel.

»Du musst doch zugeben, dass sie großartig ist! Das muss doch auch dir auffallen!«

Was wollte er von ihm hören? Was war mit dieser Stadt? Sie war beeindruckend, musste eine Heidenarbeit gewesen sein. Aber sollte ihm was Spezielles auffallen? Die Bahnhöfe vielleicht. Alles ein bisschen schöner. Große Plätze, keine Hochhäuser. Kein Wohnpark in Favoriten. Das war es. Er wäre nirgends aufgewachsen.

»Natürlich gibt es diesen Bau nicht. Er ist eine Zumutung.«

»Sie sind eine Zumutung!«

Das war ihm rausgerutscht. Er war ja freiwillig hier, war einfach reingeplatzt, Bilinski zeigte ihm trotzdem dieses

Modell, anscheinend extrem wichtig für ihn, und er beleidigte ihn bloß.

»Aber die Stadt ist schön.«

»Schön? Sie ist umwerfend! Sie ist ein Wunder der Baukunst! Paris ist schön, Rom, aber Wien ist umwerfend!«

Bilinski keuchte, nahm Norberts Zigaretten aus der Manteltasche, zündete sich eine an. Er warf Norbert die Packung zu.

»Schmecken Ihre anderen Zigaretten nicht mehr?«

Bilinski reagierte nicht, ging zu einem Fauteuil, daneben stand noch einer, dazwischen ein großer Aschenbecher. Das Ganze auf einem Podest, der Blick auf die Stadt war genial. Überhaupt sitzen, das war schon lange überfällig. Er hatte auch seine Zigaretten wieder.

»Du kannst Geld haben, wenn es darum geht. Das kümmert mich nicht. Aber siehst du dort unten den Karlsplatz? Dort steht das Kaiser-Franz-Josef-Stadtmuseum, erst seit wenigen Tagen ist es fertig, es war das letzte Gebäude. Die Stadt ist jetzt vollendet, es fühlt sich gesund an, wenn ich sie betrachte, rein. Ich kann sie anschauen und weiß, nichts kann mich stören, alles gefällt mir, es gibt nichts Hässliches, alles ist schön. Heute sehe ich sie zum ersten Mal vollendet. Es ist ein wichtiger Tag für mich, ich habe Jahre darauf gewartet. Warum also? Warum bist du heute nicht gekommen?«

Norbert war längst ausgestiegen, war im Sessel versunken, formte Rauchringe. Durchs Fernglas folgte er einer Straßenbahn vom Reumannplatz nach Simmering, raus zum Zentralfriedhof, aber hergekommen war er wegen etwas anderem. Mit dem Batmobil, kreuz und quer war er durch die Stadt gefahren, über den Ring gebrettert, am

Kanal entlang, den Gürtel rauf und runter, über die Wienzeile raus, auf die Höhenstraße.

»Du hast Angst vor mir! Aber das macht nichts, ich habe auch Angst vor dir.«

Er legte das Fernglas weg. Ein Gespräch zu führen, ein richtiges, wie früher mit Marie. Wo er nicht ständig Ratschläge bekam, vom Einbeinigen etwa, der hatte immer so eine Streetworker-Art. Marie hatte die erst am Schluss bekommen, er solle nach dem Zivildienst die Matura machen, studieren, Soziologie oder so was in der Art. Aber das wollte er nicht. Interessierte ihn nicht. So war es losgegangen. ›Was willst du eigentlich mal machen? Wie stellst du dir deine Zukunft vor?‹

»Ich habe keine Angst vor Ihnen. Manchmal vor der Zukunft. Vielleicht wollen Sie mich irgendwann nicht mehr.«

Er betrachtete den Dachstuhl, komplett aus Holz, riesig, ein ganzer Wohnblock.

»Was ist, wenn ich dich schon jetzt nicht mehr mag. Ich mag keine Überraschungen.«

Er hatte vorgehabt zu kommen. Wollte heimfahren, ausschlafen, um halb elf aus dem Haus, wie jeden Samstag. Aber daheim wäre der Einbeinige gewesen, der hätte wieder reden wollen. Dann schon lieber die Nacht im Wald verbringen,, dem Einbeinigen könnte er immer noch eine Nachricht schicken.

»Wo ist mein Handy? Ich hab Sie übrigens angerufen gestern, Sie haben nicht abgehoben.«

»Und was wolltest du mir sagen?«

Das wusste er nicht mehr. Dass er nicht mehr wollte? Aber er hätte ja kommen wollen heute. Hatte sich bloß gedacht, nach drei Tagen ohne Dusche, das wäre widerlich.

»Dass ich Sie widerlich finde. Ich meine, nein, nicht Sie, sorry, das stimmt so nicht, sondern einfach, dass …«

… er nicht einmal mit Marie je so geil gekommen war.

»Ich finde mich selbst manchmal widerlich, aber wenn ich hier sitze, nicht. Die Stadt tröstet mich.«

Schon gar nicht mit anderen Männern. Widerlich. Gruben ihre Finger in seinen Arsch. Ließen sich von ihm anspritzen.

»Ich bin nicht schwul. Das wollte ich sagen.«

»Das weiß ich.« Bilinski sah ihn kurz an, schien zu überlegen. »Das ist das Einzige, was ich von dir weiß.«

»Sie haben mich nie was gefragt.«

»Weil ich nichts von dir wissen will. Warum du machst, was du machst. Mich interessiert nicht, weshalb du keiner normalen Arbeit nachgehst, vielleicht hast du ja eine, vielleicht auch nicht, oder ob du eine Freundin hast und was sie dazu sagt. Es würde etwas verloren gehen.«

Norbert presste die Lippen aufeinander, atmete tief ein und aus, seine Zehen krampften.

»Ich weiß nicht, wie lange ich dich noch brauche. Ob ich dich noch brauche. Irgendwann brauche ich nur mehr sie. Vielleicht morgen schon.« Bilinski stand auf, sah eine Weile auf die Stadt, streckte sich, ging zur Wendeltreppe. »Ich bereite mich auf das Paradies vor. Wie lange bleibt mir noch? Es kann jeden Tag zu Ende sein. Ich hoffe es. Ich kann es nicht mehr erwarten. Wenn ich für alle Zeit mit einer Straßenbahn durch die Stadt fahren werde. Alles wird vollkommen sein, schön, auch ich.« Er verschwand nach unten.

Norbert blieb sitzen. Ob er hier schlafen könnte? Das Licht müsste an bleiben, das Surren war okay, auch am Kahlenberg konnte es laut sein. Er nahm das Fernglas. Wie groß der Zentralfriedhof war. Von Francesco gebe es kein Grab, hatte ihm seine Mutter erklärt. Er hatte ihr das abgenommen. Ihr das mit der Gitarre verziehen. Von da an war Francesco ein Arschloch gewesen. ›Du würdest ihm auch egal sein, wenn er noch am Leben wäre. Du bist ihm ständig auf die Nerven gegangen!‹ Friedensgespräch, dass er nicht lache. Elendige Lügnerin. Blöde Fotze. Das Licht wurde schwächer. Es wurde kühler. Diese riesige Stadt. Und er der einzige Mensch. Das Dach schien sich zu senken. Er sprang auf und lief zur Wendeltreppe.

33

Entzückend, wie der Jüngling am Wein nippte! Dieser Anblick versöhnte Sie damit, dass er so wenig Begeisterung gezeigt hatte. Aber kein Grund zur Sorge. Er war kein durchschnittlicher Mensch, es war nicht notwendig, ihn auf die Probe zu stellen. Notwendig war es, ihn zu hören, Ehrensteins Gedicht, bloß ein einziges Mal noch. Das Foto Ihres Vaters würden Sie danach herunternehmen.

»Also? Meine Sachen?«

»Ist dir kalt?«

»Ich werde dann gehen.«

»Die Flasche ist noch nicht leer!«

»Was wollen Sie von mir?«

»Was wolltest du von mir? Du wolltest mich erschießen, oder etwa nicht?«

»Nein, ich … «

»Ich verstehe dich ja. Aber ich verstehe auch, was dich abhält. Es geht nicht um mich. Es sollte nicht um mich gehen. Ich bin nicht dein Feind. Ich bin deine Gegenwart. Die Vergangenheit ist dein Feind.«

Sie hatten über die Maßen getrunken. Wohin sollte das führen? Dass er immer noch eine Rolle spielte, eigenmächtig, es widersprach Ihrer Planung. Er müsste seit dem Vormittag aus Ihrem Leben gelöscht sein, aus Ihrer Erinnerung getilgt. Dass Sie sich an seine Fersen geheftet, ihn angesprochen hatten, hätte nie passieren dürfen … Genug. Sie wollten nichts über ihn erfahren. Jedes Wort war zu viel.

»In deinem Alter wurde ich Eigentümer dieser Wohnung, einfach so.«

Er nickte, schenkte sich Wein nach. Seine Achselhaare.

»Bin ich Ihre Vergangenheit?«

»Nein, du bist nicht mein Feind, du bist auch nicht meine Vergangenheit. So schön war ich nie.«

Sie bissen sich auf die Lippen. Er füllte auch Ihr Glas. Bot Ihnen eine Zigarette an. Das letzte Mal, als Sie Zigaretten geraucht hatten, selbstgedrehte, waren Sie noch Journalist gewesen. Sie betrachteten Ihre faltigen Hände. So oft hatten Sie seine Hände gespürt, aber nie genau angesehen.

»Man könnte meinen, Sie leben in der Vergangenheit.«

»Niemand lebt in der Vergangenheit, sie lebt in uns, wie ein Parasit. Man kann mit ihr nicht verhandeln. Man kann sie nur auslöschen.«

Manchmal träumten Sie von seinen Händen. Jetzt saß er Ihnen gegenüber, halbnackt und betrunken. Aber Sie konnten nicht einfach so hingreifen. Das durfte nicht sein.

»Ich wollte Sie wirklich abknallen heute.«

Sie griffen in die Manteltasche, legten die Pistole auf den Tisch. Er ließ das Glas fallen. Wie schreckhaft er sein konnte! Sie lehnten sich zurück. »Wenn du magst, kannst du mich jetzt erschießen.«

Er rührte sich nicht. Starrte Sie an, breitbeinig im Fauteuil sitzend. Sie tranken Ihren Wein aus, Schluck für Schluck. Nichts passierte. Dann sagte er etwas über seinen Vater. Aber Sie waren nicht sein Vater. Sein Vater interessierte Sie nicht. Sie legten auch sein Handy auf den Tisch. Er nahm es, tippte etwas ein, murmelte: »Ich hab Sie nicht abgeknallt, weil ich Sie … nein, ich hasse Sie.« Unwillkürlich standen Sie auf, gingen auf ihn zu.

»Was wird das jetzt?«

»Du schuldest mir noch etwas!«

»Ich schulde Ihnen gar nichts!«

»Alle schulden mir etwas!«

Sie packten ihn am Bund seiner Shorts, zogen daran, griffen ihm in den Schritt. Er war natürlich wendiger, skrupelloser, stärker. Warf Sie zu Boden, sein Fuß auf Ihrem Brustkorb, was hatten Sie bloß getan? Das hätten Sie nicht tun sollen!

»Sie krankes Arschloch!«

Sie baten um Entschuldigung. Flehten ihn an. Sie hätten die Kontrolle verloren. Er wollte seine Kleidung haben. Dann sollte er sich eben anziehen. Sie könnten aufstehen. Lieber wollten Sie liegen bleiben. Nicht alleine in der Wohnung zu sein, Sie waren das gar nicht mehr gewohnt. Alle längst gestorben. Ihre Großmama, Ihr Kindermädchen, Ihr Vater. Sie schielten zur Wendeltreppe. Sie wollten jetzt gar nicht bei ihr sein. Sie wollten neben ihm liegen. Er sollte Sie streicheln, was für eine Zumutung, Sie bräuchten Ihr Portemonnaie. Er müsste auch nichts Unanständiges machen, bloß Sie am Bauch streicheln, vielleicht auch auf der Brust oder am Kopf. Aber nicht mit diesen Fäusten. Er stand wieder vor Ihnen, angezogen, sein Blick tollwütig, Sie hatten sich doch entschuldigt! Hatte er sich entschuldigt, heute nicht erschienen zu sein? Sich bedankt, dass Sie ihn mitten in der Nacht hereingebeten hatten? Sie hätten ihn an einen Stuhl fesseln können, Sie hatten sich beherrscht, weiß Gott. Zum Dank lagen Sie jetzt am Boden. Und nun, wie ging es weiter? Die Pistole hielt er nicht in der Hand. Stattdessen ein Küchenmesser. Was hatte er vor? Für ein Nachtmahl war es reichlich spät.

»Was hast du mit meiner Mutter zu tun?«

Sie sahen ihm direkt in die wütenden Augen. Wurden dennoch von einem Moment auf den anderen ruhig, nahezu entspannt. Sie wussten, er würde ihnen nichts antun. Weil auch Sie ihm nichts antun würden. Schade eigentlich. Ob er Ihnen noch einmal das Gedicht aufsagen würde?

»Fickst du meine Mutter?«

Um Himmels willen! Welch infame Unterstellung! Nein, nein, nein! Das Gedicht von Ehrenstein war es, was Sie hören wollten! Wie war das Visitenkärtchen von Frau Tamara überhaupt in seine Hände gelangt? Seine Mutter?

»Woher hast du ihre Telefonnummer?«

Er war ja richtiggehend verbissen. Ein hübscher Trotzkopf. Aber Frau Tamara hatte hier rein gar nichts verloren. Er brachte alles durcheinander! Regietheater! Das pure Chaos!

»Du elendes, krankes Arschloch. Fick dich! Ich bin hier fertig.«

Sie hörten animoses Gebrüll, ein paar schwere Schritte, dann die Tür zufallen. Ihr Herzklopfen, Vogelgezwitscher, die ersten Straßenbahnen auf der Währinger Straße. Die letzten Zeilen von Ehrensteins Gedicht. Sie hatten es ihn nie als Ganzes aufsagen lassen. Warum eigentlich nicht? Weil Sie das Ende vergessen hatten. Er war fertig mit Ihnen. Brauchte Sie nicht mehr. Wozu auch? Es gab andere Männer, die ohne das Schöne nicht zu leben vermochten. Die Zeitungen, die Stadt, Ihr Gesicht, alles war chronisch hässlicher geworden. Sie stopften eine Hand in die Hose, es rührte sich nichts, war vorbei. Sie rappelten sich auf, wankten. Die Pistole hatte er Ihnen dagelassen.

34

Dröhnende Bomber, tausend Stock abwärts, Messer im Rücken, Spinnen im Haar, bloß nicht mehr umdrehen, immer drei Stufen, raus in die Nacht, raus aus dem Irrenhaus, irrende Nutte! In heißer notte mit hassender Mutti. Böse Mutti, arme Mutti, wie konnte sie lieb sein, mit Nutte als Bimbo, der wollte sich hinlegen und schlafen und träumen, vom Kasperl mit Knüppel, krawuzikapuzi, Kanaken zerhacken, Klo zukacken, Signori mit Macken, Griff in den Nacken, von hinten packen, Signori fucken, Signori pracken, schwere Hackn, Geld einsacken, auf der Dackn. Auf der Lauer, Grabes Mauer, sitzt 'ne alte Wanze …

»Schau dir diese Wanze an, wie die Wanze blasen kann …«

Meldung an Landser: Schuhband links offen! Meldung von Landser: Landser besoffen. Landser getroffen. Schwerer Schaden. Disziplin! Runterbücken, feste zurren. Bändchen riss ab. Dann halt um den Hals, wie ein Osmane, Kehlkopf eindrücken, Blümchen pflücken, Christbaum schmücken, Signori beglücken, schwarz vor Augen, Signori saugen. Ihm blieb die Luft weg! Merkte es keiner? Zu Hilf! Zu Hilf! Herr Lehrer, zu Hilf! Weg mit der Drossel! Subito! Presto! Schnappen, saugen. Schlapper Schuft! Schnischna-Schnappi! Alter Verwalter! Dort, auf der Bank … das Krokodil! Mit pissgelben Augen, fletschenden Zähnen. Was meinten bambini? Sollte er's hauen? Richtig vermöbeln? Dreschen, bis Blut floss? Och, eine Katze. Ein süßer Scheißer! Ein kleiner Pisser! Der würde verschont. ›Nein!‹, schrien bambini. ›Hau ihn feste! Stich ihm die Augen aus! Zieh ihm das Fell ab! Ist böse Katz! Hat Landser erschreckt! Ist Landser ’ne Lusche? Ist Landser ’ne Schwuchtel?‹ Kluge Fratzen. Wussten es längst. Bloß keine Gnade! Bloß keine Schwäche! Auch nicht fürs Kätzchen. Hat Landser erschreckt. Er war keine Lusche! Pech gehabt! Das Ding musste büßen! »Mutz, mutz! Komm her!« Er wollte es nehmen, streicheln und kraulen und dann schlitzschlitz! An die Wand knallen, von sich schleudern. ›Klatsch!‹ würde es machen. Bambini würden kreischen wie irre: ›Forza Landser! Gleich nochmal!‹ Also auf Angriff. Vorwärts zum Cat-Cut. »Was gibt’s da zu fauchen? ›Miaumiau. Schnurrschnurr. Miau!‹ So muss das sein! Hast keine Manieren? Hat keiner mehr!« Hat er selber nicht. Einfach so abhauen. Ohne ein ›Grazie!‹ Ohne ›Baba!‹ Bilinski am Boden. Selber schuld! »Ruhig bleiben jetzt! Ich tu dir ja nichts!« Er war doch ein lieber Bub, richtig carino, mit Haaren am Wichskopf und Messer im Rucksack. »Will dich nur festhalten, will dich nur drücken!« Bis keine Luft mehr im Kätzchenkörper. Bis Kätzchen caputo. Kätzchen, Addio! O Landser mio, war doch ’ne Lusche! Könnt das nie machen. Ein Kätzchen killen. Hatte Gefühle. Und Mutti und Papa. Außerdem, ›Kätzchen‹ klang elend! War ja ein Kater, mit fetten Eiern, war doch zu riechen. War doch zu sehen. Armer schwarzer Kater! Auch Kater killen war nicht drin. Knuddeln, schmusen und dann schnippschnapp. Weg mit den Eiern! Musste so sein! Böse bambini lechzten danach … Bravo, bravo! Blut fließen sehen! In seinem Schädel Messerklingen. In seinen Ohren Sirenen.

Sein Schritt zu schnell, verdammter Dreck! Katze sprang weg. Verzogen ins Gebüsch. Feige Fotze. Schlaffer Pimmel. Und am Himmel. Keine Sterne. Verfickte Stadt, nicht mal Sterne! Dafür brannte oben im Irrenhaus Licht. Und am Fenster? Die alte Sau. Grindiger Wicht! Wo war ein Stein? Nobelgegend. Viel zu fein. Nicht mal ein Stein! Ah! Eine Flasche Wein? Molto perfetto, sogar noch was drin. Schluckschluck. Das gab ihm Kraft. Mehr davon! Aber zuerst: Sauschädelschießen. ›Herr Lehrer, schauen S' her, ich zeig Ihnen was! Drei Schritte zurück. Die Linke fixiert. Die Rechte holt aus.‹ Landser brüllte. Feuer! Ach, du Scheiße! Mieser Schuss. Wie ein Mädchen! Den Irren verfehlt. Voll der Systemfehler. In seiner Tasche. Ein kleines Kärtchen. Er stopfte die Hand rein. Das Riesenrad? Bitte! Och, bitte! Mutti! Im Prater, dort war's so lustig! Oje! Au weh! Das Kärtchen klemmte in Landsers Klauen: Muttis Name. Wie konnte das sein? Wie passte das her?

›Du musst dich ein bisschen mehr anstrengen! Fünf!‹

›Bitte, Frau Lehrer, ich check's einfach nicht!‹

›So dumm kann das Landserlein doch nicht sein!‹

›Doch, Frau Lehrer, ist dumm wie Brot!‹

›Habt ihr's gehört? Er ist dumm wie Brot!‹

›Hahahaha! Hahahaha!‹ Bambini brüllten, zerkugelten sich, schifften sich an vor lauter Lachen. Landserlein schniefte. Dumm wie Brot. Wie konnte das sein? Die mussten's ihm sagen! Es war seine Mutti!

›Frau Lehrer, bitte, ich komm nicht dahinter!‹

›Hahahaha!‹

Das war so gemein! Sie ließen ihn zappeln, heulen und flennen, am Pult lag ein Bleistift, den sollte er nehmen, den bösen bambini die Augen ausstechen, ramm, ramm, ramm! Jeder kam dran! Aber das ging nicht, sie mussten's ihm sagen, er brauchte sie noch. Böse bambini, böse Frau Lehrer! Böse Mutti! Böser Bilinski! Mieser Betrüger! Fieser Verräter! Bunga bunga! Die beiden im Bett! Das war doch pervers! Das durfte nicht sein! Nein! Das wollte er nicht! Nein! Nein! Das wollte er nicht!

›Bitte, Frau Lehrer! Bitte!‹

›Ach, dummer Bub! Begreifst du's immer noch nicht?‹

›Was denn begreifen?‹

›Bilinski!‹

›Was ist mit ihm?‹

›Er ist kein Verräter!‹

›Aber wieso … Bitte, Frau Lehrer! Bin auch ganz brav!‹

›Nun gut, kleines Landserlein, wer will ihm helfen?‹

Dutzende Hände schossen empor.

›Mehmed, bitte, was kannst du uns sagen?‹

›Das Landserlein ist eine Schwuchtel!‹

›Das wissen wir längst. Selina bitte!‹

›Er ist verliebt!‹

›Und in wen?‹

›In den Bilinski!‹

›Und der Bilinski?‹

›Der liebt ihn auch!‹

›Aber die Mutti! Was will er von Mutti?‹

›Gar nichts will der Bilinski von Mutti! Er wollte die beiden bloß versöhnen! Wollte, dass sie sich vertragen!‹

›Aber das ist ja gar nicht schlimm. Das hätte er dem Landserlein sagen können!‹

›Nein, weil er hat die Mutti durchschaut! Er weiß, die ist eine garstige Frau. Die wollte dem Landserlein nie etwas Gutes! Die hat ihm den Papa weggenommen!‹

›Und was würde sie mit Bilinski machen?‹

›Auch den würde sie dem Landserlein nehmen!‹

›Doch wenn Bilinski das Landserlein liebt – dann würd er das doch niemals erlauben?‹

›Er ist zu schwach für Landserleins Mutti. Die ist ein Monster, hat Superkräfte!‹

›Und unser tapferes Landserlein?‹

›Ist sehr stark! Bloß weiß er das nicht! Bilinski hingegen weiß das schon. Er hat es dem Landserlein auch gesagt!‹

›Tatsächlich, Landserlein, er hat es dir gesagt? Was hat Bilinski dir gesagt?‹

›Er hat … gesagt … die Vergangenheit ist meine Feindin.‹

›Gut, gut! Und weiter? Was noch?‹

›Er hat … gesagt … mit ihr kann ich nicht verhandeln.‹

›Brav, brav! Gleich hast du's geschafft! Aber das Wichtigste fehlt noch, nicht wahr?‹

›Ja, Frau Lehrer, das Wichtigste fehlt noch …‹

›Was hat Bilinski denn noch gesagt?‹

›Dass … dass … ich … sie … ich kann sie nur auslöschen, hat er gesagt.‹

›Sehr gut! Siehst du! Bist gar nicht so dumm! Was also muss der Landser jetzt tun?‹

35

Er schleppte sich der Sonne entgegen. Die wenigen Leute, die bereits unterwegs waren, kümmerten sich nicht um seinen Aufzug. Verschlafene, selber in Pyjama oder Trainingsanzug, die ihren Hund spazieren führten, die Sonntagszeitung klauten. Hatten keine Ahnung, was er getan hatte.

Ein Abbruchplatz zwischen zwei Häuserblöcken. Er stieg über Geröll, verletzte sich an den Sohlen, Blut, wo hatte er seine Schuhe gelassen? Das Stöhnen seiner Mutter. Kraftlos und bleiern lehnte er sich an ein Zaungitter, flennte. Wäre er bloß bei Bilinski geblieben, er könnte sich waschen, frische Sachen anziehen, was essen. Der alte Mann hätte ihn beschützt. Gemeinsam hätten sie eine bessere Lösung gefunden.

Zurück auf der Straße, orientierte er sich wieder an der Sonne, nur an der Sonne, eine Zeit lang nahm er nichts anderes wahr. Sie riss seine Lippen auf, färbte sein Gesicht rot, wie das Blut, das er am Gehsteig hinterließ. Zwei Polizisten bogen um die Ecke. Fuck! Als hätten die nichts Besseres zu tun! Und überhaupt. Was sollte er sie kümmern. Ein grindiger Stricher. Kleiner Messerstecher. Er stieg in die Straßenbahn ein, setzte sich ganz nach hinten. Eine Bierdose rollte über den Boden, er hob sie auf. Ließ die letzten Tropfen in seinen Rachen träufeln. Links war irgendwo Schloss Neugebäude, rechts zog die Mauer des Zentralfriedhofs vorbei.

Er stieg beim Haupttor aus, wie die meisten anderen, wollte sich ihnen anschließen, gemeinsam die Toten beweinen. Das wäre heilsam. Doch sie zerstreuten sich rasch, ließen ihn alleine, mieden ihn. Er hörte das Rascheln der Blätter, das Singen der Vögel, einen Augenblick nur. Dann nahm er aus seiner Brieftasche den kleinen Zettel mit der Parzellennummer, die ihm der Einbeinige vor ein paar Tagen aufgeschrieben hatte, ›falls du doch mal hinwillst‹. Er machte sich auf die Suche.

Pompöse Familiengrüfte, Kindergräber, Kriegsgräber, Komposthaufen voller Kränze. Er setzte sich auf den Kieselboden neben dem Grabstein. Hier wollte er bleiben. Er war so müde. Sein Handy vibrierte. Bilinski. Was sollte er ihm sagen? Tränen stiegen in ihm hoch. Abgesehen von Bilinski hatte er niemanden mehr.

»Wo bist du?«, hörte er den alten Mann fragen.

Der Morgen dämmerte bereits, als er den Westbahnhof erreichte. In der Halle kaum Menschen. Seine Beine zitterten. Er stand hinter einem Ticketautomaten und beobachtete das Zeitschriftengeschäft. Alles noch finster dort. Sie würde schon auftauchen. Früher oder später. Und er würde zur Stelle sein. Wenn nötig, würde er tagelang warten. Auf seine Vergangenheit. Er würde sie auslöschen. Musste es tun. Für sich und Bilinski. Sie war zu mächtig. Hatte es nicht anders verdient. Dass er jetzt hier war. Auf sie wartete. Nach all den Jahren ihr endlich gegenübertrat und … Verdammt! Was musste er jetzt wieder flennen wie ein Baby! Er schüttelte den Kopf. Würde sie nicht erst recht als Siegerin dastehen? Was war er doch für ein Idiot! Genau das war ihr Plan, immer schon gewesen! Er sollte sein Gesicht verlieren, zum Gespött aller werden. Ihr eigenes Leben würde sie hergeben. Nur um seines zu zerstören. ›Du bringst mich noch um!‹ Hatte sie das nicht immer gesagt? Sie war das Opfer. Er schuld an allem. Ein Nichtsnutz und Parasit. Gut genug nur für den Bau. Aber das würde er nicht zulassen. Er ließ sich nicht ficken! Nicht mehr verarschen! Er war ein kluger Bursch. Bilinski würde es verstehen. Bestimmt. Er würde … hingehen … sie umarmen. Ihr sagen, dass er sie liebhatte. Ihr verzieh. Alles. Sogar die Lüge über Francesco. Dass sie nun aufhören könne, ihn zu zerstören. Dass er sich wegen Bilinski nicht schämte. Dass es gut sei. Vorbei. Das würde er sagen. Es würde sie aus dem Konzept bringen. Damit rechnete sie nicht. Dass er so klug war. Nicht mehr ihre Marionette. Auch nicht Bilinskis. Der es ja gut mit ihm meinte. Trotzdem, sein Schicksal hatte er selber in der Hand! Er war frei! Wie leicht sich plötzlich alles anfühlte. Er war jetzt ein Mann. Musste seiner Mutter helfen. Sie von ihrem Wahn befreien. Von ihrem Hass. Es war die einzige Lösung! Er würde ihr nichts antun. Hingehen, sie umarmen … und dann … in einen Zug steigen. Wegfahren. Irgendwohin. Neu anfangen. Ein richtiges Leben. Alles zurücklassen. Bilinski …

Er zitterte am ganzen Körper. Da stapfte sie an ihm vorbei. Alt war sie geworden. Eine richtige Oma. Warum musste sie ihn so beharrlich hassen? Fühlte sie sich dadurch besser? Vielleicht wäre sie gern eine liebe Oma. Wenn sie schon als Mutter nichts getaugt hatte. Sie sperrte das Geschäft auf. Verschwand darin. Das Licht hinter den Scheiben ging an. Versteckt hinter all den Zeitschriften lauerte sie nun.

Er gab sich einen Ruck und klopfte. Sie kam zur Tür. Zeigte ihm den Vogel. Er nahm die Schirmkappe herunter. Ein paar Sekunden lang starrten sie einander an. Er wollte wegrennen, konnte sich nicht rühren. Seine Mutter. Stand stumm vor ihm. Als hätte sie sich rausgebeamt. Sie war dicker als früher. Was zitterte er so? Verdammt, warum musste er so zittern! Und warum glotzte sie nur? Streng. Voller Vorwürfe. Als ob er ihr was getan hätte! Warum musste sie so dreinschauen? Ihn provozieren? Könnte sie sich nicht einfach freuen, ihn zu sehen? Freuen, ihn zu sehen, wie Bilinski?

In seinem Schädel Messerklingen. In seinen Ohren Sirenen …

Norbert öffnete die Augen, blickte zum wolkenlosen Himmel, dann zum Grabstein. ›Francesco Domenico 1962–2012‹. Das Stöhnen seiner Mutter. Es war so weit weg. Endlich. Nie wieder würde er etwas anstellen. Würde ruhig sein, still und brav, für immer. Ein Eichhörnchen vor seinen Füßen reckte sich bettelnd auf. »Ich habe nichts für dich«, sagte er mit dümmlicher, kindlicher Stimme. Es tat ihm ehrlich leid, dass er nichts hatte. Es war nicht so, dass er nichts fühlte.

Aber mittlerweile war es egal. Was er fühlte, war egal. Bestimmt hatte er seine Mutter einmal geliebt. Vielleicht würde er es irgendwann wieder tun. Einstweilen … Knirschen auf dem Kies. Bilinski. Norbert spürte, wie er ihm seine väterliche Hand auf die Schultern legte. Im selben Moment rollte von fern ein Donner, die Erde schien zu zittern, ein paar Sekunden lang. Stille, dann das Heulen von Sirenen, aus allen Richtungen. Wie ein Echo auf seine Tat. Er stand auf, sah zu Bilinski. Der alte Mann strahlte vergnüglich, begann zu pfeifen. Nach ein paar Takten stimmte Norbert mit ein. *Die Donau so blau, so blau, so blau …*

Epilog

Verehrter Bilinski!
Es fällt mir nicht leicht, dies zuzugeben, aber ich habe Ihre Tat bewundert, und ich werde Sie für alle Zeit bewundern.
Ergebenst, Ihr Freund
Walter

Sie betrachteten die Karte. Rochen an ihr. Der alte Nordbahnhof. Der Duft von süßem Pfeifenrauch. Ein Hauch Mouton Rothschild. Das Atelier Meister Walters. In ihm hätten Sie einen wahren Verbündeten gefunden. Einen, dem Sie nichts vormachen müssten, der Ihnen kein Rollenspiel abverlangte, Sie auch nicht um Ihre Würde prellte. Mit welch tranigen Floskeln hatten Sie Frau Tamara in Gedanken bedacht! Immer noch klebten Reste dieses Melodrams in Ihrem Gehirn. Und erst recht der Jüngling, Kärntner, Ecke Ring; zu welcher Leidenschaft hatten Sie sich genötigt gefühlt!

Als es klopfte, steckten Sie die Karte in die Lade des Nachtkästchens zum zerknüllten Foto Ihrer Mutter. Vielleicht würden Sie heute sprechen, und vielleicht würden Sie von ihr erzählen, und von Meister Walter. Doch mit keinem Wort würden Sie je Frau Tamara erwähnen oder ihn … wie war sein Name? Ihrer wurde gerufen, es klopfte abermals an der Tür.

Seit drei Monaten führte ein greller Flur Sie zu Doktor Auer. In einen Raum, den Sie früher der Größe nach als schachzimmertauglich befunden hätten, nicht als einen Ort ernsthafter Gespräche. Doch nun? Es war bedrückend. Der einzige Grund, weshalb Sie diese Mühsal auf sich nahmen, war die Abwechslung, anderswo als in Ihrem Zimmer zu sein. In einem anderen Fauteuil zu sitzen, auf einem anderen Glastisch ein anderer Aschenbecher, ja, Sie durften dort sogar rauchen. Konnten durch zwei Fenster auf Baumkronen mit schon welken Blättern sehen. Es gab auch Bilder an den Wänden, keine Meisterwerke zwar, aber auch nicht geschmacklos, nichtssagend vielleicht, doch darin mochte Absicht liegen. Wie dem auch sei. Sie sprachen abermals nicht. Erwähnten weder Ihre Mutter noch Meister Walter. Zu groß war Ihre Empörung. Denn offenbar war an diesem Tag eine zweite Karte für Sie zugestellt worden, die man Ihnen bei der morgendlichen Postausgabe unterschlagen hatte. Wenn schon in Ihrer Korrespondenz geschnüffelt wurde, musste es Ihnen gar so offensichtlich unter die Nase gerieben werden?

Doktor Auer überreichte Ihnen das Schriftstück, ohne Erklärung oder Bitte um Entschuldigung; Briefträger, ja, dies wäre für ihn eine angemessene Tätigkeit.

Die Karte zeigte eine Aufnahme des Riesenrads, vermutlich Jahrhundertwende. Hübsch. Auf der Rückseite stand in krakelige Handschrift mit blauem Kugelschreiber: ›Ich bin kein Mörder. N.‹

Norbert. Ach ja. Das war sein Name.

www.septime-verlag.at